都說際遇難逢

朱玉昌的古典詩詞新詮

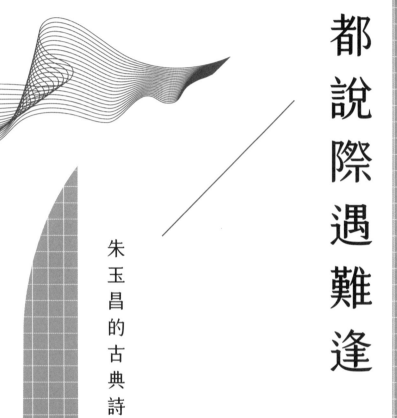

推薦序

感謝與期待

文／宋具芳

上國中前的暑假，我讀了幾本瓊瑤小說，深受書中引用的詩詞吸引，覺得文字精煉典雅而優美；而在國中合唱團裡所唱的一些歌詞，更是讓我咀嚼再三，至今仍印象深刻。十幾年前教導有學習障礙的兒子背唸三字經時，本來以口語重複帶唸，他句子總是跟不完全，後來我靈機一動，將詞加上兒歌《三輪車》旋律當成歌唱，果然，兒子就可以把三字經裡的句子說得完整了，而且還可以跟著我同步唱幾句。

從生活的經歷中，我體驗到唱歌學習語文是一種輕鬆愉快的方法，不僅在記憶速度上，甚至在時間長度上，皆可提升學習效率。因此，在我從事推展以語文為主軸的傳統經典文化工作，幾經討論激盪後，想出把古典詩文與現代流行音樂結合，用流行歌曲模式做為推展學習詩文的方向，並祈達到提升學習的興趣及傳承的目的。於是，「舊愛新歡古典詩詞譜曲創作暨歌唱表演競賽」便成了基金會在推廣詩詞及傳承文化工作中的重要項目活動。

二〇〇八年，朱玉昌先生為一部自閉症紀錄片募款，我們因此結緣相識，在幾次對話中，得知他在媒體出版產業的資歷豐厚，而文字寫作方面亦是其專長，所以邀請玉昌加入工作團隊，時任總監一職。玉昌在推展語文教育工作上用情頗深，尤其「舊愛新歡」這項活動，其徵選出來的曲譜作品必須傳唱，而歌曲若要唱得聲情符合詩情，歌者也必須對詩境有一定的了解，因此，他即便忙於各項業務推動，還是著手為得獎詩詞歌曲翻查資料撰寫賞析，一方面也是出於他異於坊間譯注見解，而花下功夫考證他的不同解讀。由於玉昌對「舊愛新歡」活動業務的用心與關心，即便在他離開工作團隊後，我仍邀他繼續為歷年得獎詩詞歌曲撰寫賞析，以應活動推廣的需要。

玉昌對古典詩詞考證態度極其嚴謹，每每費時查證，在他工作之餘，一個月才得勉力產出一篇作品。就這樣，十年間利用休閒時磨劍，一點一滴也積累出五十餘篇賞文。這些賞文陸續發布在追蹤漢光教育基金會粉絲平台的期間，時有聽聞鼓勵或詢問是否集結出書的聲音，直至今年初，玉昌終於決定付諸行動，並在春節過後告訴我這個決定。對於他多年累積的成果能集結成冊，我除歡喜祝賀外，對他提出在賞文編排裡加入部分新編詩詞歌曲QRCode，讓讀者可以很方便的掃碼連結聆聽，也可起到歌唱學詩詞的效果建議，我欣然同意，能為古典詩文推廣與傳承多盡一份心力，本來就是我的初衷，我既感謝也很期待。

古典詩文的美與趣味就如書中所言，貴在文字精煉下隱含的深意，也正因為詩意表達如國畫之留白，不夠精確，因而能有豐富想像與各種理解。活在現代，生活各方面與古代差異甚大，相對於玉昌欲求賞析能最貼切的傳遞出詩人當時心境的謹慎，我腦中反倒浮現另一番思維格局，期許有緣讀者，在賞讀玉昌精闢文筆之餘，同時開啟多元想像，讓這些古典詩文的底蘊成為現代創意創作的基石，那麼本書的付梓，就更有意義了。

漢光教育基金會董事長

推薦序

在傳統裡看見創新

文／梁次震

讀朱玉昌的古典詩詞新詮可以一氣呵成，除了自己也喜愛古典文學之外，主要雀躍於每一篇文章所帶給我的新觀點，這個觀點不是憑藉個人想像，看得出是花費不少功夫考證後推演得來，完全打破了過去我所學、所讀的詮釋視角，但又有憑有據，邏輯結構相當完整合理，執筆方式又如戲劇小說，帶有張力，是難能可貴立足於古典的創新思維。

我是學物理的，常不自覺會把「物質」和「能量」變化融入看待事物發展的角度，也習慣把它運用在我的管理哲學上，運用物理作管理，管理會變得簡單，也更符合邏輯，其方法就是把事物表象一層層剝開，看見核心本質，再從本質一層一層往上推進。

多數人做事情喜歡先去比較別人的經驗之後，再循著安全模式小心翼翼的去做，這種思維沒有不對，但容易陷入疊代循環，也很難獲取巨大成果。

特斯拉汽車創辦人馬斯克就是運用物理角度管理事業的成功典範，他在研發電動車初期，對於高成本電池的解決方案，就是從物理思考解套，他把電池分層拆解，由什麼材料組合而成？聚合材料有哪些？原料市場價格是多少？若直接從倫敦金屬交易所購買的成本是多少？這就是剝開表象，看見本質，再從本質著手，結果馬斯克把成本大幅下降到只剩原來應付成本的七分之一。

所以，用物理去看所有的事物，透過層層拆解，可以精準看到事物本質，就不會被表象所蒙蔽。

物理這門學科所含括的「物質」、「能量」、「力」、「波」、「場」、「原子」等是無所不在的，即便經由人類內化經驗後所再創造的文學，看似完全不交集卻也蘊涵著豐沛的物理知識，尤其老祖宗留給我們龐大的古典詩詞遺產，都深藏著自然現象與自然規律的無窮物理知識寶藏。

如我熟讀唐代詩人張繼的〈楓橋夜泊〉，「月落烏啼霜滿天，江楓漁火對愁眠。姑蘇城外寒山寺，夜半鐘聲到客船。」看得到千篇一律的詩解和賞析都是從創作手法、景物意象或人物心境的羈旅懷愁去探索，實際上這首詩還隱含有與溫度有關的「熱學」及聲波振動的「聲學」，譬如「月落烏啼霜滿天」，霜就是物理原理中的「凝華」現象，是物質從氣態直接躍過液態而變成固態的現象。而「夜半鐘聲到客船」，為什麼不是其他聲音呢？因為聲音是藉由物體振動而產生，張繼是根據聽到的音色來辨別是「鐘聲」。

世界上所有學問都是博大精深，也非一條途徑就能釐清所有面貌，科學如此，經營管理如此，文學當然也是如此，想想那些古典詩詞的作者們，只要沒開門見山說明清楚的，不就是留給讀者很大的想像空間，讀者如何思考和運用的漂亮，這就需要智慧。

天才物理學家愛因斯坦曾公諸世人一個成功的祕密公式「A＝X＋Y＋Z」。A是成功，X是正確方法，Y是努力工作，Z是少說廢話，X、Y、Z是相乘關係必須同時滿足才能獲得A的成功。

玉昌的古典詩詞新詮，就是從有根據的史料出發（X），認真地思索研究（Y），提出完全可說服人的見地（Z），所以這本書籍的出版，在我看來就是成功的結晶（A）。這種剝開層層表象，看見核心本質，再從本質一層一層論證的結果，正吻合我慣用的物理知識。文化傳承就需要這樣的精神，讓我們在傳統裡可以找出創新的希望。

廣達集團副董事長　梁次震

推薦序

際遇難逢，好書在手

文／溫瓌逸

二〇〇七年，我在交通大學高階管理學程認識了同班的朱玉昌。這位學長在班上是個異數，全班學長不是理工背景，就是學法商的，只有他來自文化傳播界。修業過程，他用中國古典文學四大經典人物來分析職場管理生態，讓大家非常驚豔。在一群擁有生硬專業的同學中，每每聽他作業報告，都跟聽故事一樣，印象深刻。

畢業的時候，我還任職於工業技術研究院產業學院，負責對各大企業提供教育訓練服務，規劃課程是我的重要工作項目，對朱玉昌在課堂上以古典文學談策略規劃的報告內容，一直回味無窮，獨樂不如眾樂，思考教育訓練也需要新的創意刺激，內容更要有朝向靈活操作的課程設計。靈機一動，便借重他的專長，規劃了「策略智多星．好故事學管理」系列課程，課程定位是提供給中高階層主管，具備管理經驗者作為創新思考的充電課程。

不談管理技能訓練，著重管理潛能再開發，從見賢思齊中得到自我反思的機會，讓參與學員輕鬆沉浸在娓娓闡述的經典故事裡，一一體會管理學上關於領導、行銷、經營策略、團隊、成本、人事等議題，以及在課堂上引導學員經驗分享和心得交換。朱玉昌這門課程間接營造了一個科技管理人的交流平台，這在當時最夯的科技管理訓練課程裡，是一門一枝獨秀又創新的課程。

古典文學在我們生活中感覺是艱澀無比的，但在朱玉昌手中，卻可以信手拈來。尤其，他投入漢光教育基金會期間，看到他把古典詩詞帶入了「文宇宙」，遨遊天際，有動畫、有曲藝、能說唱（Rap）、還用現代流行音樂重新譜曲詮唱，對他來說，古典詩詞已浸入骨髓，感覺到他的細胞粒線體全都進化，充滿文字音律之美！

二〇一四年，交大 EMBA 校友會紫竹學會辦了一場「秋夜詩情」公益音樂會，票房收入贊助心路基金會，朱玉昌帶著漢光人聲創意樂團專場演出，把〈釵頭鳳〉裡的唐琬、陸游這對不在乎天長地久，只在乎曾經擁有的戀人情懷，用阿卡貝拉方式演繹出嚮往愛的真諦，而讓人有珍惜當下的意境。我之前哪會記得「紅酥手，黃藤酒，滿城春色宮牆柳。東風惡，歡情薄，幾年離索。錯！錯！錯！」是宋詞，只知道民歌手包美聖唱過。可是聽過阿卡貝拉版本之後，說也奇怪，同樣的文字就變得熟悉了！

古典詩詞在當今社會環境中，感覺已落入 CP 值不高的八股之流吧！那是四、五年級生才會唸的玩意兒，年輕人少有關注。見朱玉昌辦理「舊愛新歡古典詩詞譜曲創作暨歌唱表演競賽」，不只讓年輕人用年輕人的方式，賦予古典詩詞新生命，大約十年前還攜手輔仁大學東籬詩社合作，串起對岸十餘所頂大帶起了一股校園古典詩詞譜曲傳唱風潮。原來，古典詩詞也沒那麼艱澀，不好親近。

二〇一五年起，又見他在古典詩詞年輕化中擴及大愛精神，以志工身分協力台灣合唱音樂中心扶植的全球第一個視障人聲樂團（蝦米視障人聲樂團）推廣工作，這群視障朋友富有穿透力的歌聲，喚起大眾看見、聽見他們奮鬥精神而自己也獲得鼓舞，讓大家從視障者演出中感受到人生充滿無限希望與愛。在二〇一六年成功完成總統府音樂會演出後，迄今，只要有「蝦米唱台灣，和諧暢台灣」公益巡演的場合，幾乎都有他陪伴的身影，因為，古典詩詞新編歌曲，也在「蝦米」傳唱的歌曲之中。

朱玉昌長期鑽研和沉浸在古典詩詞領域的推廣跟投入，真不是普通的愛！這不知和他長期兼任元智、輔仁，甚至中央大學的授課是否有關，他給我的感覺就像個傳教士，讀古典文學，用說故事的方式，引導大家輕鬆接受。這些年，他所研究的詩作、詞作新譯，把地、景、人、物、時、事，以身歷其境的方式娓娓道來，把老祖宗的文字，變得容易看、容易讀、容易理解。

我很幸運，經常收到他新作產出的分享，也在網路媒體上，反覆欣賞他的作品發表，讓我跟古典詩詞的距離拉近不少。過程中，我曾多次詢問他是否考慮出書，他總以「文章乃經國之大業，不朽之盛事。」豈容他這等小輩想出就出，他說，現在出書不光賣得動很重要，能不能讓人讀完之後產生更好的啟發，才是值不值得出版的關鍵，他又說，現在滿街的人都頂著作家頭銜，他不是作家，沒有出書夢，所以，有出書的必要嗎？

這次，他決定把他這些年的部分成果匯集成書，我驚訝地接到他慎重打來的電話，問我能不能為書籍寫篇序，我約略見證了他一路歷程，當下毫不考慮同意，雖然我沒問他是什麼原因使他茅塞頓開願意出書了，當我拿到熱騰騰的書稿，立刻翻閱起來。看著書名《都說際遇難逢》，一下子陷入是講詩人的際遇，還是他自己的際遇呢？讀完之後，他出書的答案我仍舊沒理出來。

讀他的新詮文章，完全顛覆了我過去所學、所知，但推論清楚，考證也符合治學精神，絕對是廣義的學術文章，卻沒有學術文章的枯澀難讀，像看到第六篇〈李太白想家〉，我以前只知道李白是個公子哥兒，很浪漫、愛喝酒，才氣無窮，對財富大手大腳，對仕途充滿著期待，可惜散盡家財，仕途終不可得。我看到這篇，不只前面故事像看電影，更吸引我的是後面新譯的內容有趣極了，原來，大家朗朗上口的「牀前明月光，疑是地上霜。舉頭望明月，低頭思故鄉」，詩裡的「牀」是指井欄不說，李白原作居然是「牀前看月光，疑是地上霜。舉頭望山月，低頭思故鄉」。此外，竟還有好幾種版本存在呢！

我這也才明白，古時候就有竄改抄襲的事件，因此，經典可能會隨著時代更迭，和使用上的方便而發生變化。這立即讓我想到，最近帶孫子唸歌謠，「一甚麼一，棍子一。二甚麼二，鴨子二。三甚麼三，蝴蝶／耳朵三……」我帶兒子的年代唸的是耳朵三，現在，帶孫子的年代已經變為蝴蝶三了，也許是同樣的道理吧！

朱玉昌這本書，初看還真「古典」，可愈看愈有味道，平時耳熟卻不能詳的古典詩詞，頓時都活躍起來！過去只知其然（背誦），而不知其所以然（故事背景），在這本書裡，是活靈活現的另一種風采，讓我讀完一篇，腦子裡就開始期待，下一篇會不會又是我所熟知的詩詞有了新解。

我是學理工的，能念理工的，多半文科基底也不會太弱，只是後來少接觸罷了！我非常喜歡這本書，也期待朱玉昌有更多更精彩的發現。

國立陽明交通大學創新創業學程企業導師

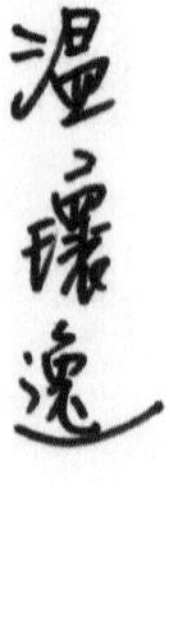

推薦語

詩人者為情造文，
辭人者為文造情，
玉昌兄賞文閱情。

——國立陽明交通大學校長

古老的詩詞在二十一世紀以新的詮釋，考證用心，推論精彩，下筆精煉，輕鬆易懂。

——華碩集團副董事長

朱玉昌兄任職漢光基金會，多年來推動「古詩詞、譜新曲」，藉此宣揚中華文化、傳頌詩詞之美，極有使命感，值得佩服。

近十年玉昌更深研古典詩詞，尋幽攬勝、探源尋根，找出典故、發掘真相，使文字背後隱含的微言大義得以重現，值此集結成書，實屬可喜可賀，特此推薦。

雖說「泠泠七弦上，靜聽松風寒，古調雖自愛，今人多不彈。」但玉昌兄一片苦心，等待知音。

——和碩聯合科技董事長

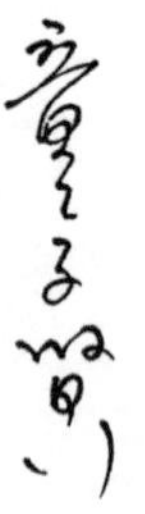

自序

一劍十年話源頭

二〇〇九年，因緣際會下，加入財團法人漢光教育基金會團隊，投入「漢字」、「漢藝」、「漢學」扎根工作，期間，參與制定三大推廣方向：一、以「視覺動畫」活化漢字演變之路與創意再延伸；二、用傳統「說唱藝術」展延民俗香火與增長人際互動的口語表達學習；三、藉現代「流行音樂」元素，重新開拓古典詩詞譜曲傳唱的源遠流長篇章。

當中，「古典詩詞」是文化積澱過程裡，最為絢爛的文明紀錄，也是文學殿堂存留最富饒的豐碩果實，因此，「漢學」取詩詞作核心主軸，先將基金會前後委託臺北大學、臺灣師範大學累計辦理四屆的「舊愛新歡古典詩詞吟唱比賽」昇華為「舊愛新歡古典詩詞譜曲創作暨歌唱表演競賽」，再策略統整，收歸內部自行主導掌控，「競賽」共分兩組，界定「舊愛組」鎖定高中職學子為深耕目標，推廣校際團體合唱表演比賽；「新歡組」則針對十六歲以上個人或共同創作者，推動譜曲徵選與歌曲詮釋賽。

二〇一〇年起，轉型後增設的譜曲創作細分三階段評選，以每年嚴選十首優質新曲進度，驗收新創歌曲成果，為了擴大效益，二〇一一年又策略結盟臺灣合唱音樂中心，打造以傳唱古典詩詞新曲風的半職業性質「漢光人聲創藝樂團」，作為側翼推廣，團員招收以音樂科班年輕人為主，惟訓練過程，發覺團員因普遍缺乏古典詩詞理解深度，在歌曲詮釋上，不易達成歌聲與情境交融，於是，鼓勵團員多做詩詞上的閱讀理解。

為了陪伴團員深入詩詞世界，索性一塊兒投身了解。由於坊間或網路上流通的詩詞詳解，僅是浩瀚詩詞宇宙中相對明亮的若干少數作品，在賞析上，又泰半定於一尊，文義一轍形同海量重複，且多數流於單純字面解釋。然而，在自我品讀時，腦海經常會發出感知上的斷片衝突，浮現的，多是不同畫面和穿越時空環境所賦予的情景氛圍。

如讀蘇軾詞〈定風波〉，直接領受到作家那分幽默風趣，以及可拿起文字演奏音律的功力；在讀他的〈六月二十七日望湖樓醉書〉詩作時，深深體悟，他憑藉著大自然色彩變化，完成了一次心境上的療癒對話。又如讀溫庭筠詞〈菩薩蠻〉其一，看到起句「小山重疊金明滅」七個字，劈頭感應到的是，溫庭筠極其露骨，用意會的筆，柔柔描繪女性身體的訊息。

諸如此類，就在我糊口閒暇之餘，以另眼直觀感受，朝最貼近人、事、時、地、物等多重可考史料交錯鑽研、推敲，並尋求答案。

綜觀古典詩詞的奧妙，貴在文字精練下隱含的深意，而中文字辭構成具有多解的特質，這便容易造成讀者對作者本意曲解的疑慮。由於古代生活知識與進步資訊變化牛速，人們所習、所學大同小異，即便為文書寫不興一字一句一解，但書寫內容，流通層面多侷限在特定接觸者的人事物上，凡關係讀者，自然少有理解上的困擾。但時至今日，因古人說話、用字、禮儀、習慣與今大不同，現代研究者雖能根據有限史料旁敲側擊，釐出最適切的解釋，卻仍無法斬釘截鐵地說絕對，否則將淪入莊周與惠施的濠梁魚樂之辯。

從二〇一三年初，執筆完成吳文英詞作〈望江南・茶〉賞析開始，不知不覺潛心探究詩、詞、曲將屆滿十年，隨著一篇篇賞析產出，看似無系統的隨機研究及文字爬梳，事實上都是圍繞著漢光「舊愛新歡」競賽活動所收入的新編曲目作導論整理，因此，這些賞析幾乎都有符合現代時髦旋律的動聽歌曲。其目的無非就為古典詩詞的傳承與推廣盡一分綿薄之力。

唐朝詩人賈島作有〈劍客〉詩，詩云「十年磨一劍，霜刃未曾試。」閉眼沉思於長時間陸續積累的文章即將集結為實體書冊，內心五味雜陳，在古典文學式微，紙本書籍市場衰弱的今天，這本書籍問世，究竟還有多少人可以結緣？尚殘存著幾多價值與意義呢？睜眼回神，無論如何，必須感佩時報出版公司趙政岷董事長展現出高度士人志節的勇氣，感動他秉持落實《中國時報》創辦人余紀忠先生傳遞知識火種並善盡出版事業的良能，這分多元之心，已為默默耕耘傳統的筆耕者保留了一盞接力文化長河之燈。

感謝漢光教育基金會董事長宋具芳女士，沒有她賡續文化火種的初衷，不會有我鑽研提筆古典詩詞新詮的願力。萬分感激陽明交大林奇宏校長、廣達集團梁次震副董事長所給予的鼓勵加持。感恩和碩聯合科技童子賢董事長與華碩集團徐世昌副董事長，在忙得不可開交的時刻仍親筆為文推薦。銘謝知我一路走來的同窗好友溫環逸老師，能把序文寫得如盧藏用為陳子昂寫小傳般如數家珍。謝謝設計名家王翔先生出手封面救援，讓書本在古樸裡顯出光彩，還有書法藝術家洪禎蔚女士發揮學者精神為輯名費心選圖。最後由衷敬謝始終作為第一位讀者，不斷指點我文章用字除錯的編輯達人杜晴惠女士。

「今日把示君，誰有不平事。」期許這本書真能發揮拋轉引玉的作用，也期盼有緣人賜教交流。

宋玉昌　二〇二二年二月十九日

目次

輯參　新秋　詞客有靈應識我

輯末 小陽春　一曲餘韻待相逢

輯首

初春

便引詩情／到碧霄

01

為何夢見他

青青河畔草長望夫歸

古詩新曲連結 01
〈飲馬長城窟行〉

「起」筆微感

無論你是不是一位詩人，只要你願意朝詩作路徑書寫，你就會是位詩人，至於寫詩的技巧好或不好，不是重點，能不能讓讀者從詩裡讀到詩人的心，那才是詩作最動人的地方，所以，每個人都可以成為詩人。

讀詩，著重的是種感覺，可以輕輕提起，放下時足夠蕩氣迴腸，不用太多情節，哪怕沒來由地切入，或在任何地方嘎然停止，都能讓人有所感悟，只要作者落筆時揮灑出心裡的真誠，無須技巧性結構鋪陳，平鋪直敘也能刻劃出好作品。

「承」續存理

想想李白寫詩，常不按牌理出牌，下筆渾然天成，後人因讚嘆其奔放技巧，索性讓他自成一種格局，尊奉他為「詩仙」。什麼是「仙」？就是別於凡人且超塵脫俗、長生不老的人，既然是仙，自然沒那麼多屬於凡人的拘束，因此李白作品逾越格律規矩，沒人敢說不好，因為愛詩人都了解，李白詩好與仙無關，那是他寫出了其他詩人寫不出來的創新。

若從格律下的唐詩追溯到唐代以前的樂府，「樂府」本是秦朝時期的音樂官署，到了西漢，惠帝設置「樂府令」，武帝再擴編成「樂府署」，專責掌理民間遍蒐而來的歌謠樂譜，加上貴族、文人從善如流的仿作集成，每首詩作都是可以合樂歌唱，這些漢人口中的「歌詩」，因經過樂府重新整編，後世便統一稱作「樂府詩」。

「轉」意遼闊

樂府詩沒有嚴格格律，雖趨近五言或七言古體詩，但二到八言者比比皆是，辭句長短不一，短有〈古艷歌〉，全詩四句十六個字；長有〈孔雀東南飛〉，敘事細膩長達三百五十多句，超過一千七百個字（版本不同，字句略有出入）。句式分有齊言（句中字數相同）與雜言（句中字數不等），押韻沒有限制，可說書寫形式相當自由。

溯源詩體樣貌的歷程，是解構詩歌生命再生的不二法門。掌握住漢樂府構成的線索，便不難理出李白許多作品看似不按章法的創新有其脈絡，除才氣外，更多關鍵立於遵循古法而翻新的創作追求，因此，盛唐以李白為首所創造的文學典範，無疑就是一次漂亮的「文化創意」展現。

「合」璧張力

一則寓言、一種冥想、一段遭遇、一個故事、一分傳奇、一世人生都可以成為入詩的材料，一首好詩，辭句長短、句中字數、押韻與否都在其次，重點是如何拿捏日常，將生活細瑣轉換成讓人動容的篇章，類似《古樂府》裡〈飲馬長城窟行．青青河畔草〉這樣的佳作比比皆然，用字口語，敘事淺白；情境生動，意涵深刻，簡短一百個字，已足夠成為一部動人小說的大綱。

「青青河畔草」這首片段敘事的詩作，雖然掐頭去尾不見故事的來龍去脈，卻無損閱讀時的感動，主要是作品扣住了輕輕提起，放下時予人低迴不已的感受，所謂好作品，文字在隱隱中必然透露出豐富的訊息，這種等級作品何須過多情節，一切點到為止，多了就是多餘。

【詩作新譯】

〈飲馬長城窟行〉青青河畔草

青青河畔草，綿綿思遠道。遠道不可思，宿昔夢見之。

夢見在我傍，忽覺在他鄉。他鄉各異縣，展轉不相見。

枯桑知天風，海水知天寒。入門各自媚，誰肯相為言。

客從遠方來，遺我雙鯉魚。呼兒烹鯉魚，中有尺素書。

長跪讀素書，書中意何如。上言加餐食，下言長相憶。

〈飲馬長城窟行〉詩名依《樂府詩集》題解，是軍人出征，途經長城休憩，人馬在長城邊上泉窟裡飲水的意思，從詩名可以得知，這首填入樂曲中的歌詞和戰爭密切相關，內容描述一位婦人日夜思念著在前線行役夫婿的安危，其內心由「思念」、「失望」、「哀怨」、「喜懼」，再到「悲傷」五種心境轉折的歷程。

思念之心

青青河畔草，綿綿思遠道。遠道不可思，宿昔夢見之。

翠綠蒼鬱的小草沿著河畔布向一望無際的遠方，望向無垠的那端，勾起我與在前線保家衛國丈夫的點點滴滴。無奈這分思念再深，也無法讓他立即出現在我的眼前，只能留待夜裡夢中相會。

失望之心

夢見在我傍，忽覺在他鄉。他鄉各異縣，展轉不相見。

夢裡的他依舊教我擔心受怕，在夢裡，他一會兒在我身旁出現，一下子又遠在他方，只見他身影不停地四處飄蕩，這個在夢裡相聚的願望，冷不防一樣聚少離多，夢醒時分，面對的還是無法相見的現實。

哀怨之心

枯桑知天風，海水知天寒。入門各自媚，誰肯相為言。

葉繁葉落、水暖水寒，春去秋來，年復一年，每到掃盡桑葉、冰封海水的季節，眼見前方因天寒地凍暫時休兵返家的軍士和家人相擁團聚的畫面，自己的淒清誰人理會？誰還記得告訴我，我的丈夫是否一切平安？

喜懼之心

客從遠方來，遺我雙鯉魚。呼兒烹鯉魚，中有尺素書。

有位遠住他鄉的夫婿同袍，為丈夫捎來了一個信匣，我當下不知怎的，驚喜中參雜著不安的慌亂而遲遲不忍開啟，我喚了兒子過來將這個歷盡風塵的鯉魚信匣拆開，信匣中的確留有一封夫婿親筆寫給我的家書。

「雙鯉魚」為「書信」代名詞的典故，源自《史記．陳涉世家》一段文字，「乃丹書帛曰『陳勝王』，置入所罾魚腹中，卒買魚烹食，得魚腹中書。」概述其意，秦末陳勝、吳廣起義，為製造師出有名的懸疑，用丹砂在絲帛上書寫「陳勝王」三字，藏在漁民捕獲的魚肚裡，讓伙房兵買去烹煮，待官兵食用時就會發現魚肚內的帛書而感到驚奇。後來古人寄送書信，便把書信摺成雙鯉形狀，或者夾在木製的魚形匣內，匣盒兩面繪（雕）有魚狀，故稱「雙鯉魚」。

悲傷之心

長跪讀素書，書中意何如。上言加餐食，下言長相憶。

席地跪坐的我挺直腰身，恭敬、專注、顫抖地閱讀這封信，我不明白夫婿信裡的含義究竟是什麼？為什麼只告訴我，要我好好地養生保重身體，信末還不斷重複地說著想念著我？

古人習慣席地跪坐，即曲膝著地，臀部坐靠在腳跟上，「長跪讀素書」意即將身體向前伸展，腰桿挺直，臀部離開腳跟呈「跪」姿，跪著讀信表示帶有恭敬與專注之意。「下言長相憶」此處「下言」宜指書信的尾聲，「長」作形容詞，為不斷重複的意思。

動人的祕訣

這首詩描寫的是一個說不出口的悲劇，雖然創作在一個戲劇不發達，也尚無歸納整理出一套修辭學的年代，作者只用最單純且白話的方式訴說著故事，但讀者已然清楚見識到文學裡最扣人心弦的戲劇張力和現代修辭的應用。

詩從河邊鬱鬱蔥蔥一片綠草帶入一份「思念」，夢中思念是對現實「失望」的虛幻且遙不可及，悲劇的第一道伏筆來自別人家行役的丈夫能回家團聚，而自己的呢？在「哀怨」中，同袍捎來的書信像是燃起了希望，在「一則以喜、一則以憂」的糾葛下，信裡終究沒有言明可能的歸期，「悲傷」隱藏在嘎然而止的結局，同時完成詩作最大悲劇性的伏筆。

「遠道」、「夢見」、「他鄉」，用的都是現代修辭學上「頂針」的技巧，但相信活在遠古的作者，填詞時只是純粹為了唱詞能夠貼合口語表達的音樂流暢性而已，並沒有太多技巧上的複雜。所以寫詩難嗎？只要用誠意寫詩，能讓讀者看懂詩人的心，就會是詩作真正動人的祕訣。

【詩人簡介】

佚名，南梁蕭統編纂《文選》載明「古辭」，無署作者名。

蔡邕，南朝徐陵編集《玉臺新詠》署名為作者，但始終存有爭議。

蔡邕，字伯喈。東漢陳留郡圉縣人，為才女蔡文姬之父。早年受朝廷徵辟為司徒掾屬，獻帝時拜左中郎將，稱「蔡中郎」，歷任河平長、郎中、議郎等職，精通音律、經史，善辭賦，好天文數術，擅篆，尤擅書法，創「飛白」書體，曾參與續寫《東觀漢記》及刻印〈熹平石經〉等，著有文集二十卷，今多數散佚，明代張溥輯有《蔡中郎集》十卷。

02

幽州臺懷古

知陳子昂莫若盧藏用

唐詩新曲連結 02
〈登幽州臺歌〉

雲水之緣

收到尚在守喪的八拜摯友遭受誣陷抄家，憂憤冤死獄中的訊息，盧藏用內心疼痛得無法平復。

憶起摯友多年前妙使機智，出手百萬重金買琴、砸琴，一夕爆紅迎來人生仕途的場景；想到他聚會場合慷慨陳詞，嚴厲批評六朝詩體盡是「採麗競繁」、「興寄都絕」的靡靡之風，疾呼揮灑詩詞篇章當跨越宮廷，兼採柔美剛勁，主張文章書寫要有建安風骨，不作純描述，要寓情於景，須烘托情感臻至情景交融。論詩歌創作宜復古，倡議頌風雅、比興賦，多效仿詩經裡詩歌創制技法。

每每面對摯友這些真才華，自己雖受時人敬稱「多能之士」，但自我那一點本事，完全相形見絀。

不過，摯友即便有自薦的行銷頭腦，也有順勢投入上表「挺后稱帝」，更改國號行列的智慧，似乎依然無法確保官運亨通，正因為他那有稜有角剛直的個性難貼層峰之心，遠遠悖離聖神皇帝武曌藉「殺伐立威」的治國理念，奈何，第一次惹來的牢獄之災未曾動搖他的心性，就算特赦後請命奔赴沙場，這分難移的本位價值觀，非但讓他職位愈做愈小，還種下如今丟失性命的悲劇禍根。

摯友慘遭橫禍，家小何去何從？身為莫逆的盧藏用慈心，決定義無反顧撫育摯友的未成年遺孤，讓他們接受良好教育，免受餐風露宿流落街頭之苦。

這一夜，盧藏用慟絕得輾轉難眠，再燃燭火，反覆誦讀摯友生前分享的詩作，一首首摒棄華美辭藻，既抨擊時弊又抒發情懷的〈感遇〉詩，都是摯友嘔心實踐詩歌革新的上乘之作，尤其，營州之亂，登薊北樓後所作，託付信使專程遞贈而來的〈薊丘覽古〉組詩，讀來更教人感慨萬千。

那年，萬歲通天元年（公元六九六年），營州天災，都督趙文翽高壓凌虐百姓，迫使契丹大賀氏部落聯盟起兵反周，周朝大軍在黃獐谷一戰，近乎全軍覆滅，聖神皇帝再命建安王武攸宜率兵征討，時任右拾遺參謀軍事的摯友，因多次積極進言未被採納，激怒建安王遭降職為軍曹（低階士官），摯友憂憤苦悶下走訪薊丘，在薊北樓上思古嘆今，因感懷古代明君唯賢是用，心底勾起無限傷悲，當下賦詩數首，抒發自己生不逢時的情緒。

薊北樓是戰國燕昭王勵精圖治，作為廣招賢士，用以封賞人才所建的高臺，樓成，燕王先拜郭隗為師，後武將樂毅、謀士鄒衍等聞風紛紛來奔，遂使燕國強盛起來。唸著〈薊丘覽古〉組詩，冥想摯友足跡，他先北登薊丘，尋覽軒轅臺遺跡，再南登碣石宮，遙望薊北樓。他遺憾無緣輔佐曾經活躍在這片土地上的明君，對於未來明主何時再現，嘆息通曉陰陽學說的鄒衍，倘若再世也無從推算。在薊北樓上，他感念著太史公牢牢寫下「刺秦」前後，燕國遊俠田光薦荊軻後自刎，太子丹誅秦王功敗垂成，這段令人可歌可泣、愴然動容的史事。

他想著天地浩瀚無疆無邊，人生卻有永無止盡的心苦。過去種種無緣參與，未來將發生的事，更無從預知。盧藏用完全可以體會摯友那分有志難伸的苦楚。這就像極了屈原在寫就〈遠遊〉篇裡，明確傳達出「惟天地之無窮兮，哀人生之長勤。往者餘弗及兮，來者吾不聞。」的悵惘心緒。這種「前不見古人，後不見來者，念天地悠悠，獨愴然涕下」的心境，就是自古以來，無數單純抱著熱血報國志士的無奈寫照。

知摯友莫若盧藏用，論摯友才華，「卓立千古，橫制頹波，天下翕然，質文一變」，是「道喪五百歲而得」的奇才，盧藏用忽然動起為他立傳編纂文集的念頭，書冊題名《陳子昂集》。

【詩作新譯】

〈登幽州臺歌〉

前不見古人，後不見來者。

念天地之悠悠，獨愴然而涕下。

過去，善任應龍打敗蚩尤，開啟華夏篇章的軒轅時代；懂得廣納人才，讓天下群賢聚集燕國的昭王時期，我皆無緣躬逢目擊，此刻，我所殷切企盼的明君聖主何時會出現？想必盡言天事，深諳陰陽五行學說的鄒衍再世也無法屈指算計出來吧。

曾為大燕奠定霸業的樂毅，哪知道惠王繼位，搏命拚得的江山會頃刻斷送，忠君義友的田光，不辱使命後拔劍自刎的布局，又豈料太子丹復仇心切，終使「刺秦」計畫功虧一簣。明主與昏君的差別猶如天與地，相差甚遠啊！懷古傷今，悲從中來，不禁潸然落淚。

真相大白？

這首古體詩（類屬樂府），盧藏用未曾收入《陳子昂集》卷一〈詩賦〉或卷二〈雜詩〉中，反倒以故事陳述方式，記敘在卷十末附錄的〈陳氏別傳〉裡，所載點滴，側寫陳子昂從武攸宜征伐「營州之亂」篇幅，逾全文五分之二強，藉偏重進諫內容，強化陳子昂堅毅性格，尤對貶降軍曹後登薊北樓心情描繪更加寫實，盧藏用文中這麼寫著：「感昔樂生、燕昭之事，賦詩數首，乃泫然涕而歌曰：『前不見古人，後不見來者。念天地之攸攸，獨愴然而涕下。』時人莫不知也。」最後六個字「時人莫不知也」全然映襯出詩句所隱含的「時不我與」張力，筆法近似太史公作列傳，極其生動。

以目前發現最早，現存英國國家圖書館的「敦煌文獻」《陳子昂集》殘卷，或可能保存著盧藏用編輯原貌，由明朝成化進士楊澄於弘治四年更名校刻的《陳伯玉文集》，這首只見於〈陳氏別傳〉，陳子昂涕泣而歌的詩作皆無「詩題」，今人所熟悉的〈幽州臺詩．登幽州臺歌〉詩名，史料始見明正德狀元楊慎削籍遣戍雲南期間，考辨羣書異同後，彙編入《丹鉛總錄》卷二十一內。

從《陳子昂集》誕生日起，這首「幽州臺詩」始終都在，顯然不是盧藏用著手整編作品集時的疏漏之作，更不像被刻意移植專美傳記的編輯手法，看得到的證據是，八百年後楊澄重新校刻《陳伯玉文集》，詩歌依然清晰保留在〈陳氏別傳〉的敘事裡，詩作若為陳子昂作品，值得深究的是，在別傳與文集流傳數百年間，怎不見任何史料或唐詩集子將這首詩正名納入陳子昂名下，尚須等到《丹鉛總錄》出版後，才得見「部分」後世學者收歸為陳子昂作品，這也無怪有如上海復旦大學陳尚君教授拋出的另類觀點，合理懷疑詩作是盧藏用感同陳子昂心境後所產出的作品。

【詩人簡介】

陳子昂，字伯玉，初唐梓州射洪人，唐詩革新與古文運動先驅者。出生富裕之家，年少好游俠，喜跑馬佃獵，稍長發憤讀書，睿宗文明元年進士及第。因一紙奏疏〈大周受命頌〉得武則天讚賞，封麟臺正字，後遷右拾遺。性格不畏強權，敢揭時弊。萬歲通天元年，從武攸宜伐契丹，主撰軍事文件，感嘆抱負不能實現，聖曆初辭官返鄉，遭誣陷入獄憂憤而死，時年四十二，遺二幼子。其詩作激昂高俊，反對形式主義詩風，標舉漢魏風骨。散文師古法、摒浮豔、棄駢文，具清峻風格。因曾任右拾遺，後世稱陳拾遺。今有《陳伯玉集》傳世。

盧藏用，字子潛，初唐幽州范陽人，為大唐「仙宗十友」之一。出生名門，好琴棋，工篆隸，善蓍龜九宮術，時人稱「多能之士」，於進士候補賦閒期間，隱少室、終南二山修練，武曌長安時期，征授左拾遺，勤上書獻言，頗有建樹，稱得「能臣」。中宗神龍年間，歷兵、吏、工、戶、黃門五侍郎，升尚書右丞兼修文館學士。道友司馬承禎則鄙斥走「終南捷徑」，後人遂譴稱「隨駕隱士」。先天之變，因歸附太平公主而遭流放嶺南。開元初，復官未任而卒。年少時與陳子昂私交甚篤，子昂早逝，撫其二子善舉為人讚揚。著有文集三十卷，《全唐詩》錄存其詩八首。

03

伴君大智慧　狄仁傑應制詩展學問

暴紅的條件

現代人熟知的通天神探狄仁傑，頂著破案之神頭銜，幾乎蓋過他曾任大唐宰相的鋒芒，根據正史記載，讓狄仁傑流芳百世的首要事蹟，莫過於說服武則天同意傳位給親生兒子李顯，保住李唐江山的國祚，同時舉薦如姚崇這等治世人才，為唐朝接續的開元盛世鋪出一條明道。除正史外，還留下一部立意深遠的《宦經》力作，幫助後世為官者快速掌握宦海求生的八項原則。

歷史趣味常出於知識分子借古諷今之手，從歷史必然裡細細揀選偶然，讓小小一個點擴散成洋洋灑灑的畫面且活靈活現，狄仁傑的「神探」之名便奠基在此。無論《舊唐書》「周歲斷滯獄一萬七千人，無冤訴者」，還是《新唐書》「歲中斷久獄萬七千人，時稱平恕」，兩書裡的〈狄仁傑列傳〉皆用寥寥字數記下他到任大理寺丞一年查案零誤判達一萬七千人的斷案功績，由此得知，清末流傳的《狄公案》，狄仁傑明察秋毫善於偵案並非憑空捏造，而是於史有據。

神探，非浪得虛名

綜觀明代以降，街談巷議的公案小說主人翁，個個打強權、揭腐敗、伸正義、抒民怨，斷案如神，一樣套路、相同手法。惟《狄公案》一反個案獨立，以三起懸案環環相扣，一波未平一波又起的曲折情節，大獲荷蘭外交官高羅佩（Robert Hans van Gulik）讚賞，高羅佩不但親自譯介給西方讀者，還自一九五七年起，依狄仁傑事件年表，耗時十年新創二十四部系列探案作品，一舉將狄仁傑推上國際舞臺，成為西方人家喻戶曉的中國福爾摩斯。

從西方世界紅回華人社會，「神探」畢竟是杜撰的，真實的狄仁傑歷經宰相變死囚，未曾少嘗大起大落的滋味，兩度拜相，如臨深淵、戰戰兢兢，若沒有險象環生的煎熬，何來薈萃《宦經》的智慧。眼下為救無辜，果敢拂逆聖意；遠慮以民為憂，心懷宏觀格局，在武曌篡唐立周時，不似一味愚忠李唐王室的盲從之輩，他沒有直接反對武后更治，而是在最關鍵的立儲時刻，巧繫唐朝命脈，力排眾議匡復社稷。

【詩作新譯】

公元七〇〇年夏天，狄仁傑闔眼長眠前六個月，奉旨隨御駕出遊，寫下目前唯一傳世的應制詩作，這首收錄在《全唐詩》第四十六卷的〈奉和聖制夏日遊石淙山〉，吐詞華美、節奏工整，詩律穩健而出彩，是初唐詩裡的上乘佳作，唯美中不足，鮮為後代學者推崇，原因無二，癥結點就在應制詩的「奉承」二字。

大周久視元年五月十九日　七言〈侍遊應制〉內史臣狄仁傑上

宸暉降望金輿轉，仙路崢嶸碧澗幽。
羽仗遙臨鸞鶴駕，帷宮直坐鳳麟洲。
飛泉灑液恆疑雨，密樹含涼鎮似秋。
老臣預陪懸圃宴，餘年方共赤松遊。

大周「久視」為武則天在位時期的第十一個年號，剛改元完成，鳳心大悅，犒賞核心幕僚陪同戶外郊遊，武則天見如畫景致心曠神怡，宴席間作詩一首，邀群臣齊吟唱和，隨駕出遊作應制詩者有李顯、李旦兩個兒子，姪子武三思，面首張易之、張昌宗兩兄弟，要臣狄仁傑、李嶠、蘇味道、姚崇、閻朝隱、崔融、薛曜、徐彥伯、楊敬述、于季子和沈佺期，總計十六人。

宸暉降望金輿轉，仙路崢嶸碧澗幽。

聖神皇帝的光輝澤被八方，四海一片富貴吉祥的瑞兆，眼前宛如仙境的石淙山，怪石嶙峋，環繞在蒼山間的石淙河匯聚成潭，深不見底。

「宸」一般泛指天子的居所，此處宜指帝王，即武則天。「降望」為向下俯瞰，這裡作澤被天下解釋。「金輿」原指達官貴人乘坐的交通工具，此處指古代命法中的四柱神煞之一，又稱金輿祿，代表富貴吉祥的意思。「仙路」泛指神仙到過的地方，傳說八仙曾在石淙會飲。「崢嶸」形容山勢高峻突出。「碧澗」為碧綠的山間流水。「幽」是深遠的意思。

羽仗遙臨鸞鶴駕，帷宮直坐鳳麟洲。

手持旗、傘、扇、戟的儀仗軍隊，壯觀地護衛著皇家車隊遠道來此，皇上御輦在華美的帷幕映襯下，猶如一座行宮直接坐落在這片仙境之中。

「羽仗」指天子出巡時擔任儀衛的軍隊。「遙臨」是遠道而來。「鸞鶴駕」中的「鸞鶴」本是仙人騎乘的禽鳥，但「鸞駕」是天子的座車，「鶴駕」則為太子的座車，因此「鸞鶴駕」是形容皇家車隊的溢美之詞。「鳳麟洲」是神話中的地名。傳說在西海中央，洲上遍布山川池澤和神藥，住有眾多仙家及成千上萬的鳳凰與麒麟。

飛泉灑液恆疑雨，密樹含涼鎮似秋。

河水湍流沖擊著水面石頭，噴濺出的水花四散飄逸，彷彿天空不斷撒下的纖纖雨絲，穿過綿密的樹叢，感受到一股冰鎮過後的清涼，恰似秋意頓上心頭。

發源於河南省登封市東北太室山北麓九龍潭的石淙河，具有河短流急的特點，河中不少岩石露出水面，當水流撞擊著石面，連續飛濺而起的水花樣似飛泉，亦如天空飄下的雨絲，「飛泉灑液恆疑雨」描繪的正是這層意境。「恆」字是輔助「飛泉灑液」的時間動詞，通「亙」為連續不斷的意思。「疑」字為比喻，作彷彿、好像解釋。「鎮」是修飾詞，因「涼」而涼爽，即「冰鎮」之意。

老臣預陪懸圃宴，餘年方共赤松遊。

年邁的我還能蒙受聖恩伴同聖神皇帝參與這場仙境裡的盛宴，此生足夠了無遺憾地卸下所有塵務，隨著仙人隱遁山林，過個優游的晚年時光。

「預陪」指參與陪同。「懸圃」泛指仙境。在崑崙山頂，是神話傳說中仙人居住的地方。「餘年」為老年、晚年。「共」這裡作連接詞，是跟、和的意思。「赤松」即赤松子，是《列仙傳》中的仙人，為神農氏的雨師。

逢迎有智慧

狄仁傑這首即興的近體變格七律，以「景」趨「奉」的技巧典雅濃重，全詩四聯，三聯捧主一聯輸誠。首聯借壯美實景，譬喻因彌勒化身救世的武則天，其聖德宛如山高水深。頷聯彰顯聖駕格局，猶似神蹟展現。頸聯用飛泉、密樹象徵甘露法雨與布施仁政，頌揚聖主為民解憂、帶進希望。尾聯叩謝皇恩，得幸隨侍君側，不枉此生。

文學作品的價值常立於創作者的起心動念，文思泉湧的背後多的是人生的鑿痕，行走萬里路、讀遍萬卷書，將一切內化後訴諸文字的表現才是真實的，後世能激賞李白、憫然杜甫，多數是移情自他們的人生作填補，每個生命都是獨一無二的，差別只在看得見想得到和看不見想不到，這首詩作的根結反應在職涯，而仕途的精髓在於「伴君如伴虎」，這就是狄仁傑的大智慧。

【詩人簡介】

狄仁傑，字懷英，號德英，唐代并州陽曲人。出生官宦家庭，二十八歲明經及第，一生官僚經歷完整，歷任判佐、法曹、大理寺丞、侍御史、郎中、刺史、侍郎、巡撫使、右丞、司馬等職，六十一歲升宰相，四個月後遭誣陷謀反下獄，六十七歲二度拜相，七十歲再拜內史令，同年病逝，追贈文昌右相，謚號文惠。唐中宗復位追贈司空、梁國公，累贈太師，配享中宗廟廷。晚年力勸武則天復立唐嗣，舉薦大量中興名臣，為唐王朝貢獻卓著。現僅存作品《宦經》一部，七律一首。

04

亙古從軍行　詩意中的聯想與結束

唐詩新曲連結 04
〈古從軍行〉

批評時政巧避責

歷史上，才氣縱橫、開疆闢土，文治武功均強的盛世帝王，贏得再多的稱頌，也免除不掉負面的聲浪。封建時代，言論不似當今民主社會得以無所顧忌地大鳴大放，「借古諷今」便是古代知識分子批評時政，又技巧性規避罪責的一種常用方法。

漢武帝劉徹，這位締造空前大帝國的君主，拜太史公（司馬遷）《史記》毫不留情地處處加以批判之賜，成為後世詩文中，經常出現的頭號男主角，尤其唐詩裡，眾人朗朗上口的詩作就有一長串。

白居易〈長恨歌〉，劈頭第一句「漢皇重色思傾國」說他沉迷於女色；杜甫〈兵車行〉「邊庭流血成海水，武皇開邊意未已」講他窮兵黷武、好大喜功，讓老百姓飽受戰火摧殘。這些作品罵的明明是唐明皇，被拖下水的卻是漢武帝。連詩鬼李賀寫下「天若有情天亦老」名句的詩作〈金銅仙人辭漢歌〉，詩裡還要加添一句「空將漢月出宮門」，詩名及詩句都要借他來消費一筆。

受明代史學家王士貞讚譽為「盛唐七言詩，老杜外，王維、李頎、岑參耳」（《藝苑卮言》卷四）中的詩人李頎，作品秀雅雄渾，體裁廣博，尤擅寫音樂詩、寄贈詩，最膾炙人口的當屬邊塞詩，豪放激昂風格中，帶點沉鬱悲涼之感，顯揚於世人的代表詩作為〈古從軍行〉。

借古諷今是詩心

詩名〈古從軍行〉是源自樂府古題〈從軍行〉，因詩作批駁玄宗皇帝不甘於當個守成的君王，為展現抱負，從開元二年起，不斷地大規模對外用兵，連年征戰結果，百姓生命如螻蟻草芥，在顧忌內容觸怒天顏下，佯裝成前朝憶往，又在詩名上特別加個「古」字，達到明修棧道，暗渡陳倉，「借古諷今」的奇效。

這首詩的最佳男主角當然又是漢武帝，連用了三個武帝為達目的不計代價的手段故事，第一個典故為第四句「公主琵琶幽怨多」，出自《漢書．西域傳》，記述大漢元封六年（公元前一〇五年），武帝為收編烏孫國，賜江都王劉建的女兒劉細君為公主，首開與西域國家和親先例，命嫁烏孫國王昆莫，由於雙方語言不通，漢胡習慣不同，細君公主常感孤單煩悶，所以命制琵琶作樂，以解思鄉之苦。

第二個典故是第九、第十句的「聞道玉門猶被遮，應將性命逐輕車」，典出《史記．大宛列傳》，記載大漢太初元年（公元前一〇四年），武帝酷愛大宛寶馬，任命李廣利為貳師將軍，率領六千騎兵及不良少年數萬人討伐大宛，到貳師城取回寶馬，因路途遙遠，糧食短缺，沿路小國都不肯供應食物，強攻城池又攻打不下，折騰二年，士兵饑勞死傷兵力剩不到十分之二，將軍上書請求暫時收兵。武帝大怒，派使者警告軍隊，膽敢踏回玉門關者一律處斬。殘兵只好跟著將軍繼續拚命。

第三個典故在最後一句「空見蒲桃入漢家」，故事延續著第二個典故，詳載於《漢書．西域傳》武帝派李廣利前後共領兵十多萬人，攻打大宛長達四年。大宛人內鬨斬殺宛王毋寡，獻馬三千匹投降，李廣利另立新王，因新王過度親漢，再遭大宛人誅殺，自立毋寡之弟蟬封為王，派王子到長安作人質，武帝遣特使封賞蟬封，並約定每年進貢漢朝大宛馬二匹。漢使回程除了大宛馬，也帶了葡萄和苜蓿種子，武帝命人栽種在離宮別館旁，成長數量多到一望無際。

【詩作新譯】

〈古從軍行〉

白日登山望烽火，黃昏飲馬傍交河。

行人刁斗風沙暗，公主琵琶幽怨多。

野雲萬里無城郭，雨雪紛紛連大漠。
胡雁哀鳴夜夜飛，胡兒眼淚雙雙落。
聞道玉門猶被遮，應將性命逐輕車。
年年戰骨埋荒外，空見蒲桃入漢家。

白日登山望烽火，黃昏飲馬傍交河。行人刁斗風沙暗，公主琵琶幽怨多。

看著白天忙著輪番登上山頂，瞭望守哨、關注敵情的士兵，暮色前，又趕著戰馬到城池邊上的水源處喝水。他們絲毫無法鬆懈，夜裡繼續拿著刁斗在昏天暗地的風沙中巡更守夜，敲擊出的報時節奏，宛如去年無從抗命的細君公主，在和親路上彈奏的琵琶樂聲，帶有一絲蒼涼與無限愁恨的況味。

「烽火」為古代軍事戰爭中用來示警或傳遞軍情的煙火。「望烽火」指觀察敵情。「飲馬」是讓馬喝水。「傍」意指靠近。「交河」為邊境城池名稱，在公元前二世紀，由車師人所建造。「行人」即出外打仗的軍人。「刁斗」是古時候行軍攜帶的銅製鍋具，有柄，能裝一斗米。白天當鍋煮飯，夜間用來打更。

野雲萬里無城郭，雨雪紛紛連大漠。胡雁哀鳴夜夜飛，胡兒眼淚雙雙落。

杳無人煙，數千里不見民居的塞外，氣候變化得令人難以忍受，剛才還是曠野薄雲，一望無際的明朗天氣，瞬間大雨傾盆溫度驟降，一會兒又是細雪紛飛，瀰漫住遼闊無邊的戈壁沙漠。夜夜驚飛而過的雁群，發出淒厲的哀鳴，這場非正義的妄戰，打得多少人流離失所，即便抵抗的胡兵，也因生死難卜而垂淚哭泣。

「野雲萬里無城郭」此處採用清康熙皇帝御定《全唐詩》版本，指晴空萬里視野遼闊，四周看不見任何屋瓦城牆。此句與「雨雪紛紛連大漠」相連，寓意著氣候變幻無常。坊間流通版多作「野營萬里無城郭」，加上「雨雪」句則簡譯為：在荒無人煙的野地裡紮營過夜，大雪紛飛覆蓋了廣無邊際的沙漠。意境上略有差別。

聞道玉門猶被遮，應將性命逐輕車。年年戰骨埋荒外，空見蒲桃入漢家。

朝廷傳來這場仗只能勝不能敗，後退者死的聖諭，軍士們唯有豁出生命，跟著將軍駕著戰車奮力一搏。幾年征戰下來，多少戰死者的骸骨拋撇於異地荒野，任由風沙塵土掩埋，這些犧牲換來的代價究竟是什麼？居然是西域盛產的葡萄，入貢給皇家享用罷了。

「玉門猶被遮」指不准退入玉門關，詳如前述第二個典故，戰士不斷拚命向前的結果，十之八九都戰死。「逐」作跟隨解。「輕車」為漢代將軍名稱，漢武帝元光二年初置，此官主要統領指揮駕車作戰部隊。「蒲桃」即葡萄。

屬於詩意的聯想與結束

全詩區分成三個構面，第一個構面是一到四句，作者以「動態」和「聲音」兩種側面手法，巧妙營造出戰士在備戰狀態中的緊張氣氛與哀怨心態。前兩句運用兩個關鍵動詞：「望」字和「傍」字，對戰士心底在偵查上的惶恐及趕馬飲水時的焦慮作了烘托式的隱喻描寫。三、四句則藉助「刁斗」及「琵琶」散布的聲音節拍，技巧地抒發戰士內心的愁苦與無奈情感。

第二個構面在五到八句，鋪陳天候「環境」在先，深入探究基本「人性」在後，用變化無常的惡質環境替代殘酷戰爭的場面，從受到驚嚇而哀鳴不止的胡雁，引出被迫應戰的胡人心境，凸顯「懼戰」乃人類本能，以此質疑發動戰爭的正當性。在這層構面上，作者連取「紛紛」、「夜夜」、「雙雙」三組疊韻字，採語意渲染畫面的技法極其生動。

第三個構面為末尾四句，經過前八句醞釀鋪排，終於讓挑起戰端的始作俑者現身，軍士在回頭唯有一條死路的禁令下，只能力拚絕處逢生的機會，但是，這些慘痛代價，取悅的僅是微不足道的帝王好惡，這場建立在滿足個人貪欲的戰爭，作者技術性地透過一枝筆控訴，記下執政者可恥、可恨的暴斂面貌。

詩意充滿濃郁的反戰思想，表面寫著漢武帝因個人喜好，輕率用兵的實事，暗地裡諷刺唐玄宗犯有同樣的大頭症。詩作寫實與想像融合，描繪軍士長年征戰之苦，在攻伐者與被伐者間，全部淪為可憐的輸家，這場昏聵戰爭，血染沙場，導致無數屍骨天葬荒野，換得滿足口腹之欲的葡萄，其結果怎不教人啼笑皆非。

【詩人簡介】

李頎，唐代詩人，字號不詳，原籍趙郡（河北趙縣），世居潁陽東川（河南登封）。出身士族，年輕結識一群紈褲子弟，嗑藥玩樂、放浪形骸，待傾家蕩產，才立志苦讀。開元二十三年賈季鄰榜進士及第，任命新鄉縣尉，個性不拘小節，厭煩複雜事務，未得升遷，天寶年間辭官歸隱。與王維、高適、王昌齡等詩人時有往來。擅寫七言詩，工修辭，又以玄理為最，著有《李頎集》。今《全唐詩》錄其詩三卷，共一百二十七首。

05

陽關三疊韻　王維張鶴共譜離別曲

唐詩新曲連結 05
〈陽關三疊〉

序曲

晨間一陣微雨，濕潤了一座城，雨後的渭城，頓時復舊如新，街道纖塵不揚。青石路上，簡樸的青瓦旅店旁，迎風婆娑的垂柳，在雨露輕拭下，色澤分外鮮亮。

眼前這片清新的晨，似乎預知了什麼，刻意妝點出陰淡的離愁，此刻，送君千里的話語已不知從何說起，難道，這是無聲勝有聲地心緒作祟。老友啊！且乾掉手中這杯酒吧！可知道，出了陽關後，知己如你我，何年何月再相逢？

本事

人道是，傷別離，淚紛飛，遇雨洗滌，煩憂暫滅。「細雨圍城」的景色最是動人。如果，一般凡人不懂得什麼是瞬間的靈感，而流失捕捉時間所賜予的永恆。那麼，心思細膩的詩人呢？至少盛唐詩人王維就不曾錯過，才能為後人留下千古唱頌的送別詩作〈送元二使安西〉。

渭城朝雨浥輕塵，客舍青青柳色新。
勸君更盡一杯酒，西出陽關無故人。

「人」是王維與元常，「事」為送別，「時間」於春夏交替之際，「地點」在渭城，「物」是城、是柳、是兩人手中的酒與杯。一首簡短的七絕詩，人、事、時、地、物，敘景訴情，一應俱全，道盡一段深厚的友誼。

元常，家裡排行第二，友人們習慣喚他作元二，是詩人王維的知心好友，安史之亂後，國家屢遭吐蕃和突厥的侵襲，元二奉派塞外安西都護府述職。邊防戰端頻繁，此去生死難料，出發時，王維從長安一路相送到咸陽，抵達時，天色已晚，便留宿關隘渭城區，朋友離情依依，王維安排薄酒粗菜於次日清晨餞別元常。

第二天清早，煙雨撲塵，大地明淨。王維感懷，寫下詩作，譜上旋律，這首送別之作遂成曲冠茶樓酒肆的經典流行琴歌。作品後來收錄在宮裡盛行的《伊州大曲》內，名為〈渭城曲〉，又在梨園樂工翻唱中，加工為三段式疊唱，又名〈陽關三疊〉。

至於疊唱方式，可惜歌譜流傳到宋代時已完全佚失，只知大概是採一種曲調為變化基礎，作反覆三次吟唱，但真實唱法早已無從定論。

今人得見最早的〈陽關三疊〉曲譜，約為明朝中葉，由屬名作者龔經（稽古）輯錄在《浙音釋字琴譜》的版本，現僅殘存八段，王維原詩只出現在第一段。而從明清迄今，留存下來的相關琴譜有六種類型，不同詮釋的版本則多達三十幾種，其中傳譜最為廣泛的，應是晚清同治三年，由琴師張鶴重新改作並編撰於《琴學入門》的版本。

張鶴以「三疊」為本，曲分三段，延用一個曲調反覆疊唱三次。每疊前段的主旋律部分，除首疊起句加了引句「清和節當春」外，均以王維原詩入詞。詩後銜接著後段的副歌，每疊副歌所填入的新詞，又以王維詩中的詩意作為延伸，在第三疊結束前，另藉反覆的同音節奏來增添離情別緒的餘韻。

【詩詞新譯】

〈陽關三疊〉　王維／原詩．張鶴／新詞

首疊

清和節當春。

渭城朝雨浥清塵，客舍青青柳色新。

勸君更盡一杯酒，西出陽關無故人。
露夜與霜晨，遄行、遄行。長途越渡關津，惆悵役此身。
歷苦辛、歷苦辛，歷歷苦辛，宜自珍、宜自珍。

暮春時分，好個繁花錦簇的季節。沒料到，這場晨間小雨來得正是時候，滌淨了滿城的塵垢，讓眼前景色煥然一新。道路兩旁，櫛比鱗次的旅店前，一棵棵垂楊柳，恰似爭相換上新裝來向你道別。再喝上一杯酒吧！此番別離，你我不知何時還能共飲。

邊關防務一刻都耽擱不得，要抓緊時間，不分晝夜地趕路，還須跋山涉水越過層層關卡，一路伴隨你的，將會是身心的煎熬，可想而知的辛苦，而且是真的非常辛苦，請你務必好好地珍重啊。

「清和節」並非指特定節日，一般「清和」係指農曆三月和四月間，暮春初夏交替時節的天氣。但也有傳說「清和節」是指農曆四月初八，是佛祖釋迦牟尼的誕辰，也是道教神尊太上老君的生日。「浥」作沾濕或者潤濕。「青青」意指清新和翠綠。「遄行」為趕時間、疾行的意思。

再疊

渭城朝雨浥清塵，客舍青青柳色新。
勸君更盡一杯酒，西出陽關無故人。
依依顧戀不忍離，淚滴沾巾。
無復相輔仁，感懷、感懷。思君十二時辰，參商各一垠。
誰相因、誰相因，誰可相因，日馳神、日馳神。

我們休戚與共的情誼，濃得教人難以分離，失控的淚水急如雨下而濕透了衣裳。一時間，將再也感受不到相挺相惜的義氣了，真的好感傷呀！我會整天想念著你，哪怕已經分隔東西，彼此不得相見。我想，只要想起還有誰能相偎相依時，我每天必會靠著我的神魂心智來與你相互取暖。

「依依顧戀」是眷戀不捨的意思。「淚滴沾巾」形容淚如雨下而濕透衣袖。「相輔仁」指相互扶持的感覺。「參商各一垠」比喻隔絕在兩地，彼此不得相見。「參」為銀河中位居西方的參星。「商」亦指辰星，是位在東方的商星。「垠」指邊際。「相因」即相依。「日馳神」為每天心神恍惚的樣子。

三疊

渭城朝雨浥清塵，客舍青青柳色新。
勸君更盡一杯酒，西出陽關無故人。
芳草遍如茵。旨酒、旨酒，未飲心已先醇。
載馳駰、載馳駰，何日言旋軒轔，能酌幾多巡。
千巡有盡，寸衷難泯，無窮的傷感。

放眼無垠，花草遍地，猶如鋪上一層濃密柔軟的地毯。桌上擺滿一盅盅香醇的美酒，還沒喝，光是聞，心就足夠醉了。看著一匹匹急奔而過的花馬，似乎在催促著啟程，雖不知何時可以看見你平安乘著馬車回來，或者我們還能在一起痛快地喝上幾回好酒。眼下酒再多，總有喝完的時候，而內心的隱憂卻無法消除，離別的傷痛，竟是如此地難以承受。

「茵」為墊褥的通稱。「旨酒」即美酒。「載馳」指放馬快跑。「騆」為毛色淺黑帶白的雜毛馬，俗稱花馬。「言旋軒轔」指乘坐著馬車回來。「言」此處作語助詞，無義。「軒轔」泛指馬車。「寸衷難泯」比喻內心難以消除。

三疊尾韻

楚天湘水隔遠濱，期早托鴻鱗。

尺素申、尺素申，尺素頻申，如相親、如相親。

噫！從今一別，兩地相思入夢頻。聞雁來賓。

邊塞的距離將你我分隔在遙遠的兩地，只盼望能早點兒收到你寄來的平安書信。告訴我，你在那裡一切安好。我們也唯有不斷地透過信函互通音訊，憑恃著見信如見人的默契，確知彼此無恙。

唉！自今別後，我倆把酒互訴衷腸的事兒，只能姑且託付夢中了。我會等候著你，傳回捷報的消息。

「楚天湘水隔遠濱」形容水天一色，天空和水面間雖僅隔著一道天際線，看起來接近，其實距離非常遠。「楚天湘水」即春秋戰國時期南方楚國境內的湘江。「濱」這裡作動詞，為臨近、接近的意思。這句詞，意指邊關地處西域和南方相隔甚遠。

「鴻鱗」代稱書信。「鱗」為魚類的總稱。古時候除藉「鴻雁」傳情外，傳說裡也用「鴻鱗」傳書。「尺素」指書信。「申」作陳述或說明解釋。「相親」本為彼此親近，此處有「見信如見人」之意。「聞雁來賓」以鴻雁先行傳遞敵人歸順的好消息。「聞」為名詞，即消息。「賓」作動詞，指歸順與服從。

餘音

從盛唐到晚清，〈陽關三疊〉千年傳唱中，並未因時代更迭而稍退流行。無論王維也好，張鶴也罷，詞曲在穿越時空下，早已由原作者逐漸發展成不同時期、不同作者，且受限於原曲失傳的揣摩下，以時間接力，共同完成的一首曠世集體協作。

在後人不斷增刪的歌詞中，蘊含著諸多後繼者的真摯情感，唯一不變的是，「送別」的意涵未曾背離過原詩的核心。探本溯源，王維詩歌的典雅與真切，深深觸碰著一代又一代人性潛在害怕離別的心痛本質，即使今天，任其外在環境歷盡滄海桑田、物換星移，只要論及送別，這首〈陽關三疊〉從未缺席。

正因如此，作品的珍貴才足以體現，也成為歷久彌新的價值所在，影響的廣度與深度非一般泛泛歌詞所能比擬，倘若諾貝爾文學獎早頒個一千三百年，或許，世界上第一個有資格獲得「歌詞詩人」桂冠榮銜的作家，就是王維。

【詩人簡介】

王維，字摩詰，唐朝山西祁縣人，開元九年進士，天寶年間，官至給事中。安史之亂任職於安祿山麾下，禍亂平息，遭問罪降職太子中允，後再官拜尚書右丞，又稱王右丞。晚年居住藍田輞川，精通詩文、書法、繪畫與音樂。其詩題材廣泛，風格多變，尤以山水田園詩為最，作品被譽為「詩中有畫，畫中有詩」。與孟浩然齊名，稱「王孟」。從小受母親佛事薰陶，又與名僧道光禪師知交，一生佛緣頗深，因篤信佛教，宣揚禪理，有「詩佛」稱譽。作品有《王右丞集》傳世。

張鶴，字靜薌，清末浙江瑞安人。上海玉清觀道士，工詩文，精書畫，擅操古琴。早年拜福建知名琴師祝鳳喈學琴，同治三年（一八六四年）將其師樂理精髓與傳譜，重新編撰並加注工尺譜後，刊行《琴學入門》全書。書分上、下二卷共三冊，上卷論琴，下卷為琴譜二冊，共收琴曲二十首。

06

李太白想家

靜夜思貓膩偵結公開

遊子想家必有貓膩

詩人病了！病榻中飽嘗人情冷暖，詩人這才體會到世態炎涼的真理。兩年前尚自視滿滿，攜帶行卷，腰纏三十萬金，出門仗劍遠遊，欲遍訪達官結交名流，期許自此大顯身手之門敞開。一路上聽聞的，多是皇朝籌辦「封禪大典」盛事，本竊喜這是天賜的千載良機，抱負終得舒展，奈何到了金陵卻十謁朱門九不開，理由是，大典在即，官貴們忙得無暇接見，何來工夫鑑賞他的行卷。

「錢」非萬能，卻具有移轉焦點的功能，可以及時提供詩人在行樂消費中繼續耐心等待。憑藉著一身才情、性情、風情與闊綽，不消數月，這位來自巴蜀的文青已名冠金陵。他，勇闖文壇翰墨雅聚，文思敏捷技壓群儒；他，舞榭歌臺能歌善舞，博奕身影一擲千金；他，俠膽豪情仗義相助，疏財扶弱求者無拒。就在告別金陵下揚州尋找新契機的前夕，他所創作的〈白紵辭〉、〈長干行〉、〈楊叛兒〉等作品，已經唱響秦淮兩岸青樓酒肆與河中畫舫，成為時下最膾炙人口的暢銷金曲。

揮筆寫下〈金陵酒肆留別〉後，開元十四年初春，他抵達揚州。原盤算著「封禪」活動結束，干謁進度可以順利進行，豈料，官貴更樂於無盡開趴慶祝，詩人依舊坐困干謁朱門九不開的窘境，只好繼續靠花錢等候。終日「開瓊筵以坐花，飛羽觴而醉月。」很快地，萬貫盤纏花費殆盡，桌上美酒佳餚頓時換成粗茶淡飯，那些平日交遊，頻繁走動的飯友見狀也紛紛離散。「散財聚人，財盡人散」凸顯的是，世間多存趨炎附勢，見利阿諛奉承的人際常態。

詩人病近膏肓，窮愁潦倒臥病逆旅中，所幸江都縣尉孟少府伸手襄贊，既解詩人眼下即將面臨的流落街頭之苦，病情也得救治。隨著秋意漸濃日漸涼，詩人大病初癒，一日風和日麗，孟少府相邀共遊蜀岡，午後登臨大明寺西靈塔，凝視萬物與天際綿延相連，分界清晰，與塔下嫋嫋搖曳的湖波倒映著迷離似幻的古剎金光，形同反差。詩人回神，見塔殿蓮花臺上端坐著佛祖，心裡默求照亮迷惘的前途。感念寫下「萬象分空界」，「水搖金剎影」，「玉毫如可見（玉毫指佛像），於此照迷方」等名句的〈秋日登揚州西靈塔〉詩。

詩人塔上流連忘返，不覺夕陽西沉，這一晚掛單寺中。

深夜聽蟲鳴，詩人不想入眠，起身離寮房，信步寺院中庭。西靈塔邊，井欄周遭，遍灑一地月光，輝映如凝結的一片白霜。詩人靜立蜀岡叢林，仰頭望了望高掛夜空的明月，想起蜀岡傳說，隨即低頭移視著那口潔淨的露井，沉思。

【詩作新譯】

〈靜夜思〉

牀前看月光，疑是地上霜。

舉頭望山月，低頭思故鄉。

佇立在露井前凝想，看著周圍被月光映照得猶如一片凝華的白霜。本無感於時光飛逝，但，轉瞬又見深秋到來，此刻，我離家似乎很久了。在這巴蜀山脈綿延的山岡上，仰望著與家鄉同一輪明月，俯視井底源於家鄉滔汩而來的河水，畢竟，這裡是離家千里外的揚州城啊！一事無成的我，真憂愁，好想家。

唐代的揚州，在西漢廣陵國都與隋朝建設為陪都的基礎下，於蜀岡山下擴大規模修築「羅城」，結合蜀岡上官衙機構所在的「子城」並稱揚州城，當時商貿繁榮，經濟鼎盛，僅次長安與洛陽，是唐王朝的第三大城市。在隋唐以前，蜀岡已經流傳著山脈與蜀地相連，井水與蜀水相通的傳說，詩人來自巴蜀，對於源自巴山蜀水的揚州蜀岡自然分外感念。

李白這首五絕〈靜夜思〉，隨著時空變遷而起了變化，主要根源，在首句第一個「牀」字的認知差異，多數人不假思索直接理解作躺臥的寢具，部分人則依據詩的合理邏輯，判別為外族流入中原的坐具「胡牀」，簡易形容就是「折疊椅」，還有少數學家，按考證所得，推論是與「井」相關的「護欄」或「臺座」，甚至指用於打水的轆轤軸。正因為對「牀」字的界定不同，元代以後，便有學人對詩文裡的人、事、物間的相互關係與相對符合起居空間的常理性而變更了原文。

明清至今，關於研究與論述〈靜夜思〉的文獻不少，獨獨欠缺從古代傳說中的地理環境，極可能誘發創作者心境的詮釋觀點。李白〈靜夜思〉創作於開元十四年秋天的揚州城應屬無疑，揚州自建城開始，就是一座與水親密相連的城市，「州界多水，水揚波」揚州之名，便是得源於此，由於水資源豐沛，古代揚州近乎一步一口井，鑿井取水成為揚州人的生活日常。也因為水井多，古來也有「井城」之稱。

井欄稱為「牀」，在漢「樂府」〈舞曲歌辭〉、〈相和歌辭〉裡皆有跡可尋，揚州地處平原，唯一的丘陵就是蜀岡，而揚州蜀岡的山與水，又與遠古傳說中的「蜀」地連通，由此不難推想，李白乘興抱著「春耕」心態而到揚州，面對遭遇「秋收」敗興的窘迫，且下一步尚不知何去何從？病體雖癒，內心沮喪則完全跟不上癒合的腳步，立「蜀岡」望「蜀井」，由衷發出思念故鄉之情，非常合乎常情。

因此，〈靜夜思〉從地緣角度分析，「牀」字意表「井」應該無誤。既然井中之水源自傳說的「蜀水」，那麼，第三句裡的「山月」，當然就是意指「蜀岡」上的月亮。

若仔細研讀《李太白文集》，可以發現，「山月」一詞懷揣著李白對家鄉的一種深厚情感，無論出蜀前、後或離世前都留下深烙「山月」的詩作，如離蜀前壯寫〈峨眉山月歌〉，客居揚州病後作〈靜夜思〉，流放歸途經江夏題贈〈峨眉山月歌送蜀僧晏入中京〉，「山月」二字在在囊括了李白對故里的一切眷戀。只是創作〈靜夜思〉時點裡的山月，在思念鄉里親人之外，還嗅有一分出蜀前，對年少狂狷揮灑「夜發清溪向三峽，思君不見下渝州。」那股「傲氣」式昭告故鄉山川和明月的告別反省。

靜夜思考水落石出

《李太白文集》現存最早和最完整的唯一版本，是珍藏於日本靜嘉堂翻刻北宋元豐三年神宗皇帝命大臣毛漸刊刻蘇州本的「宋蜀刻本」（今稱宋乙本，宋甲本同為宋蜀刻「殘本」，現存於中國國家圖書館），版本中的〈靜夜思〉原文係「牀前看月光，疑是地上霜。舉頭望山月，低頭思故鄉。」

若依時間序列查閱有關李白詩作的編撰著作，如北宋學者郭茂倩整編的《樂府詩集》，南宋文臣洪邁編選的《萬首唐人絕句》、詩論家楊齊賢集注後經元代評論者蕭士贇補注的《分類補注李太白詩》，明弘治官員朱諫校注的《李詩選注》、萬曆刑部主事林兆珂編注《李詩鈔述注》和同期文學作家胡震亨編撰的《李詩通》，以及清康熙欽定《全唐詩》等，詩作皆同「宋蜀刻本」一、三句作「看月光」與「望山月」。

今首見詩句異同，出現在《四庫提要》指稱「坊賈依託」元代詩人范梈編著的「偽書」《木天禁語》裡，詩句為「忽見明月光，疑是地上霜。起頭望明月，低頭思故鄉。」所載詩文與宋蜀本一、三句共差別五個字。其次是元末明初唐詩權威高棅編撰《唐詩品彙》，詩作僅修改宋蜀本第三句「舉頭望山月」為「舉頭望明月」（嘉靖十六年序刊本卷三十九）。接著署名明弘治朝官拜監察御史的王良臣，他編著的《詩評密諦》，載詩大致與《木天禁語》同，惟第三句第一個字，捨「起」字從《唐詩品彙》改用「舉」字，作「忽見明月光，疑是地上霜。舉頭望明月，低頭思故鄉。」（天啟刻本卷二）。

而今人熟讀的「牀前明月光，疑是地上霜。舉頭望明月，低頭思故鄉。」

始現活躍於嘉靖年間文壇領袖李攀龍生前所選編的《唐詩選》（萬曆初，閔氏刻朱墨套印本卷六）。該書一經推出，坊間熱銷漸演變成國民讀本，連蒙萬曆皇帝徵召編修國史的王稺登撰注《唐詩選參評》與堯山堂主蔣一葵加注問世於萬曆二十八年的《唐詩選箋釋》皆順從讀本一、三句作「明月光」與「望明月」。

與李攀龍差不多時期，署名武林思山的學者謝天瑞，在他所整理歸納「作詩」方法的特輯《詩法》卷七〈五言短古篇法〉裡，刻版印下的第一句不作「牀前看月光」而是「牀前見月光」（明萬曆復古齋刻本）。另在卷一中，同時收錄相同《木天禁語》所刊〈靜夜思〉詩作。

這種在同一本書內，或同一個人編選校注所出現一首詩，呈現不同版本的奇特現象，在明代流傳下來的諸多刻版中已經見怪不怪，像享譽明代文壇「後七子」之首的李攀龍，在可考掛名編選及校注的善本中，這首〈靜夜思〉就多達五種詩句差異，光是《古今詩刪》不同於宋蜀本詩文，「卷二十」

第二句作「疑是池上霜」（吳興徐中行訂，萬曆新都汪時元刊印本），「卷二十三」第三句作「舉頭望明月」（日本尊經閣藏，萬曆朱墨套印本）。這種缺乏系統性思維整編方式，是明代出版產業的一種普遍景象，也可以合理懷疑是「盜版書商」才有的行徑。

依據目前可查史料，再加上隨著明亡殉國的大藏書家曹學佺，其輯錄的《石倉歷代詩選》，只選擇性選改第一句作「牀前明月光」的〈靜夜思〉，一共有八種版本傳世，依考證後大約出現時間排序：

牀前看月光，疑是地上霜。舉頭望山月，低頭思故鄉。「宋蜀刻本」。

「忽見明」月光，疑是地上霜。「起」頭望「明」月，低頭思故鄉。元范梈《木天禁語》。與宋蜀本差異在一、三句，共五字。

牀前看月光，疑是地上霜。舉頭望「明」月，低頭思故鄉。元末明初高棅《唐詩品彙》。首見「舉頭望明月」出處。

「忽見明」月光，疑是地上霜。舉頭望「明」月，低頭思故鄉。明弘治王良臣《詩評密諦》。與宋蜀本差異在一、三句，共四字。

牀前看月光，疑是「池」上霜。舉頭望山月，低頭思故鄉。明嘉靖李攀龍《古今詩刪》。迄今發現唯一差異在第二句的版本。

牀前「明」月光，疑是地上霜。舉頭望「明」月，低頭思故鄉。明嘉靖李攀龍《唐詩選》。現今大家最熟悉背誦的版本。

牀前「見」月光，疑是地上霜，舉頭望山月，低頭思故鄉。明萬曆謝天瑞《詩法》。與宋蜀本差異在第一句。

牀前「明」月光，疑是地上霜。舉頭望山月，低頭思故鄉。明末曹學佺《石倉歷代詩選》。只認同第一句修改的版本。

為何竄改〈靜夜思〉

在沒有著作權觀念的時代，臨摹再創作與順應印刷技術發達和純熟，讓知識傳遞趨向方便性，卻同時造成原創的模糊性，對於文章作品的傳承，清乾隆朝校勘大師黃廷鑒曾就研究心得，撰文〈校書說〉「妄改之病，唐宋以前謹守師法，未聞有此；其端肇自明人，而盛於啟、禎之代（《第六弘溪文鈔》卷一）。」更早之前，明末清初大思想家顧炎武，曾感慨時人擅改古人作品風氣，引《東坡志林》與《漢書．藝文志》，寫了一篇題名〈改書〉的批判論述，文章劈頭就重批：「萬曆間，人多好改竄古書。人心之邪，風氣之變，自此而始（《日知錄》卷十八）。」

〈靜夜思〉遭改竄版本之多，或許可以從「商人」與「讀書人」兩端視角嘗試理解，書商無非牟取更多利益，而文人算盤，多半想站在古代名人肩膀上，凸顯出自身文采優於原創的觀點，進一步拉抬知名度或提高身價。

【詩人簡介】

李白，字太白，號青蓮居士，又號謫仙人，是唐朝傑出浪漫主義詩人，被賀知章讚譽為「詩仙」。出生於西域碎葉，祖籍隴西成紀縣。十歲通詩書、讀百家言，二十歲後遊蜀中，二十六歲出四川。四十二歲任翰林供奉，遭群臣排擠，未滿三年去任。五十七歲因涉入永王李璘之亂而羅織入罪判流放夜郎，途經巫山逢大赦。六十一歲投靠族叔李陽冰，同年辭世。李白詩風豪邁，熱情極富想像力，杜甫稱其「筆落驚風雨，詩成泣鬼神」。與杜甫合稱「李杜」。今有《李太白集》傳世。

07

樂天報新聞　全民緣何瘋買牡丹花

唐詩新曲連結 07
〈買花〉

新聞提要

沒有記者的時代，報導社會現象的角色，都是由文人來擔當。文人是推動社會進步的力量，尤其在知識匱乏、思想封閉的古代，一切資訊透過文人筆下的呈現，相較於庶民口耳傳遞，正確性要可靠得許多。而後人能夠了解古代非物質生活的林林總總，多半須藉由可考的文字敘述來證實。

將現實世界的真人或真事，運用文學性的敘事筆調，透過撰文者價值觀的陳述，兼具新聞特色與文學意義的文體，現代人稱之為「報導文學」。

古時候沒有報導文學這個專用字眼，但類似報導文學的作品，卻散見於各種文類之中，唐朝「社會寫實詩派」就是一例，這派詩人，不僅在作品裡烘托出大環境變局，也對當時權貴腐敗奢靡與底層民窮財匱多所評論。

中唐詩人白居易的膾炙作品〈秦中吟〉，便是切入社會反思的專題性系列報導之作。

其中，〈秦中吟〉第十首作品〈買花〉，創作手法完全吻合現代報導文學裡的幾項特質，詩裡有具體生動的「現實響應」、有深度刻劃的「議論觀點」；還有適切賦予的「人道關懷」、點出「癥結」的理性「提示」，以及容易辨識的「文學樣態」等。

【詩作新譯】

〈秦中吟・買花〉

帝城春欲暮，喧喧車馬度。共道牡丹時，相隨買花去。

貴賤無常價，酬直看花數。灼灼百朵紅，戔戔五束素。

上張幄幕庇，旁織巴籬護。水灑複泥封，移來色如故。
家家習為俗，人人迷不悟。
有一田舍翁，偶來買花處。低頭獨長歎，此歎無人喻。
一叢深色花，十戶中人賦。

〈買花〉，詩分大小兩段，用「六」個層次解構人、事、物緊緊相扣的社會現象，前一大段十四句，剖析天龍國裡的市民如何「瘋花」、「選花」、「栽花」和「迷花」。後一小段六句，捕捉鄉下進城的老農夫，目睹現狀，油然而生的一股「無奈」與「疾首」的反應。

帝城春欲暮，喧喧車馬度。共道牡丹時，相隨買花去。

暮春時分，長安街頭人如潮湧，與街道上川流不息的車潮，匯成一幅熱鬧喧囂的景象。從人們交頭接耳、吵雜的笑談聲中，清晰聽見都為牡丹而來，欣逢牡丹花期，無怪城裡的人們不約而同，爭相到花市賞花買花。「帝城」為皇帝辦公和居住的地方，此處指長安城。「春欲暮」即暮春時分，簡白地說，就是春天的尾巴。「喧喧」形容喧鬧嘈雜的聲音。「度」是過或經歷的意思。

貴賤無常價，酬直看花數。灼灼百朵紅，戔戔五束素。

每株牡丹花的價格不盡相同，各值多少？端賴花朵的品種和質量來決定。牡丹群中，若是形體枝繁葉茂，色澤鮮麗紅潤而光彩奪目者，哪怕只是微細的一叢花束，算算價格，等同購買二十五匹絹帛般地昂貴。

「無常價」意指價格浮動，沒有一定的標準。「酬直」即值多少錢？該支付多少錢。「灼灼」形容花朵茂盛而鮮豔。「百朵」多數版本作量詞解釋，但更宜作形容詞，為很多的意思。「灼灼百朵紅」即指在眾多牡丹中，形貌色澤最為鮮紅亮麗的品種。

「戔戔」這裡作雙關意解釋，一指微細的樣子，用以描述牡丹的品質；一指積聚的樣子，代表牡丹的身價。「束素」即一束絹帛，古代以五匹為一束。「五束素」為二十五匹絹帛，根據《新唐書》卷五十二記載，當時一匹絹的價格為三千二百錢，五束素換算後為八萬錢，一束上等的紅牡丹，要價八萬錢，足見其價格驚人。

上張幄幕庇，旁織巴籬護。水灑複泥封，移來色如故。

牡丹喜光惡熱，宜燥懼濕，培育過程須細心呵護，因此，花農在花圃上方搭建帷幕，遮蔽雨雪風霜，四周築起籬笆圍牆，利於防旱保溫。春天萌芽放葉，開花前後，需澆以充足水分，冬天為防損害，對植株進行掘土封株，在移植販賣時，再保持形色完美，便能賣出好價錢。

「上張幄幕」指在花圃頂上搭起篷帳簾幕。「旁織巴籬」於花圃四周圍起竹籬笆牆。「泥封」為牡丹移植時，在嫁接過程所用的一道枝接程序。一般以嫁接刀將接穗的下端對稱削成楔形，再把砧木上端平削後，割出一道與接穗楔形相同的銜接口，再將接穗插入砧木接口，隨後用麻皮綑綁，封上泥漿，栽植便完成。「移來」即移栽。

家家習為俗，人人迷不悟。

牡丹因象徵富貴之氣，城裡家家戶戶便樂於添購，久而久之，家有牡丹蔚為一種時尚風俗，人人身陷其中無法自拔的結果，自然造就沒人懷疑瘋購牡丹的行為是否真有其必要。

「習為俗」指長久的習慣演變成一種文化風俗。「迷不悟」此處意指沉迷於賞花、買花之樂，對於奢侈浪費毫無知覺。

有一田舍翁，偶來買花處。低頭獨長歎，此嘆無人喻。

有位老農夫，偶爾來到了花市，見到長安市民不惜成本競購牡丹的情景，忍不住地低下頭來，深深嘆了一口氣，然而，這口氣又有誰能理解或在意呢？

一叢深色花，十戶中人賦。

可知，在這花市裡，隨手買下一束鮮紅牡丹的價錢，可以抵上十戶中等人家一年的賦稅呀！

「田舍翁」即農夫。「喻」為知道、瞭解的意思。「深色花」係紅色的牡丹花。「中人」泛指中等收入的家庭。

破解「詩魔」的文學報導手法

詩作第一個層次，第一句到第四句，從街頭忙碌的景象引出買花的主題，切入「瘋花」現象的發生。第二個層次，五句到八句，說明牡丹花的市場價格由品種與品質來決定，談「選花」條件的現實因素。第三個層次，第九句到第十二句，講述培育一株好牡丹的繁複過程，分享「植栽」的知識性。

第四個層次，十三和十四兩句，分析人心因崇尚富貴遭受制約而不自知的原因，反映「迷花」的現況。第五個層次，第十五句到第十八句，藉鄉下田舍老翁的「無奈」喟嘆，對應貧富、貴賤的差距現象與人的不平等。最後一個層次，末尾兩句，點出老翁「疾首」的所在，並以此作為全詩問題的點題再思考。

作者以生動鮮明的人（喧喧車馬）、事（買花）、時（暮春）、地（京城）、物（牡丹）開場，著眼於現象的議論性（沉迷的原因），議論中帶著理性知識的回饋（價格論定與栽花的方法），之後話鋒轉向弱者，由弱者看清造成現象的本質，再從本質反思問題的癥結點，這篇紀實文體明確屬於詩作，自然兼備了基本的文學樣貌。

這首詩，白居易帶著某種程度的個人價值判斷無可厚非，但所呈現的，絕不是一則虛構的事實，因為，一篇上乘的報導文學作品，其目的不只是面對一種真相的釐清和一些實情的發掘，更重要的是，希望藉由作者自身的理念詳加觀察之後，能賦予人道關懷與改善社會的果效，這也就是報導文學真正可貴的地方。

【詩人簡介】

白居易，字樂天，晚號香山居士，又號醉吟先生。唐朝現實主義詩人，贏得廣大教化主尊稱，後世給予「詩魔」和「詩王」稱號。祖籍山西太原，生於河南新鄭。貞元進士，授祕書省校書郎。歷任左拾遺、左贊善大夫，因得罪權貴，貶為江州司馬，後復任杭州、蘇州刺史，官至刑部尚書。與元稹共推新樂府運動，世稱「元白」，又與劉禹錫並稱「劉白」，其作品形式多樣，題材廣泛，詩作語言通俗，老嫗能懂。著名詩作如〈長恨歌〉、〈琵琶行〉、〈秦中吟〉等，現有《白氏長慶集》傳世。

08

明心即見性

夢得援禪論詩恆河沙

唐詩新曲連結 08
〈夢遊記（望洞庭）〉

請君入定

唐朝沒有社交媒體，卻不曾缺過人們與生俱來，喜好捕風捉影的聯想與妄議本質，尤其對「文名」度高的人，只稍有個風吹草動，八卦酷虐的凌厲攻勢便遮天蔽日地掛在知識分子口中，嘴得當事人無法閃躲。詩豪劉禹錫就是那個年代無辜登上街談巷議「消遣」榜的諸多苦主之一。

走過朱雀橋畔，四下荒煙蔓草為伴，望著繁華老去的烏衣巷，感淚雨洗遍人世滄桑。坐臥陋室，冥會「山不在高，有仙則名；水不在深，有龍則靈」的無上道行。世人議論，劉禹錫詩篇蘊含豐富的信仰哲理，都要歸因他難以承受長期仕途東貶西謫的困頓，才在參禪中尋得全然的心靈解放。

劉禹錫自共倡「永貞革新」失敗後，在長達二十三年貶謫生涯中，對於外界論及他的閒言閒語，幾乎保持「任由他說」的達觀本色，直到晚年，在題贈僧友君素禪師的詩作〈贈別君素上人〉并引裡，方打破沉默，他在引序中寫道：「不知予者誚予困而後援佛。」白話其意是：「不了解我的人，都說我是因為官運不順才去信奉佛教。」

事實上，劉禹錫早在兒時就已深觸佛教，隨詩僧皎然、靈澈上人學詩和鑽研佛學，並常一塊兒談經論道。因此，讀劉禹錫作品，無論創作時期或抒發事由，即便看似寫濃郁愛情的〈竹枝詞〉，若只看「東邊日出西邊雨」的文字表象，勢必將錯過「道是無晴卻有晴」的深層禪機。因為，劉禹錫是個就算寫一首無病呻吟的愛情詩歌，也不忘要妝點門道的認真作家。

看看被譽為描寫洞庭景色臻至出神入化的〈望洞庭〉，劉禹錫佇立秋色湖水不興，山光水色匯月交融的夜晚，享受著天地萬籟俱寂，無風勝有風的人生片刻。詩裡景致謐靜優美，遣字極富想像，令讀者淺淺墜入文字釋放的緩慢、空靈氣氛，多數人詮釋上總會情不自禁貼著文句節奏，恰到好處地圍著實景或感同詩人心底抱持的自然情懷，卻獨獨遺忘了文字下隱藏的化外之音。

【詩作新譯】

〈望洞庭〉

湖光秋月兩相和，潭面無風鏡未磨。

遙望洞庭山翠小，白銀盤裡一青螺。

秋高氣爽的湖面像一面寶鏡，明月投射其中，月影暈散的波光與垂掛夜空的月光交相輝映。少掉了徐風拂掠的湖水，像似一片無須拭除塵垢的平滑鏡面，潔淨得可以倒映出花花世界。遠遠望向星羅棋布般的大小島嶼，獨見那青翠纖巧的洞庭山，如眾星拱月，愈發秀麗迷人。山影在皓月銀輝襯托下，猶似頭戴玲瓏斗笠的修行者，端坐在素景分中的冰盤裡虔心沉思。

「潭面」意指洞庭湖水面。第二句因何捨「湖」字選「潭」字？「潭」有水深不可測的涵義，水深則色綠，也適切地呼應了下一句的「翠」字。「洞庭山」又名君山，共有大小七十二座高低山峰，是洞庭湖中最大的島嶼。洞庭湖除君山外，尚有艑山、寄山、赤山、禹山、明山、團山等二十四個大小不等的島嶼。洞庭山相對諸島雖大，在八百里浩瀚洞庭裡仍顯渺小。這裡「翠小」引申作青翠纖巧的意思。

「白銀盤」係形容又白又圓的明月，月亮向來予人一種清冷孤高的感覺，因此稱之。「青螺」又名笠貝，是水中軟體動物腹足綱裡的一種斗笠形狀貝類。此處形指斗笠，實喻法音召喚的法螺。

【門道釋義】

湖光秋月兩相和

朗月當空猶如水中映月，無論月掛高空或者倒映水中，皆似紅塵虛幻，因此作兩相和。佛典裡的「水觀」，有淨污洗垢，等無高下，一切皆可平的光明功德。「月亮」代表人的「自性」，常用以作各種譬喻，藉此引領眾生脫離迷悟，回歸自性。「佛性本心淨，空無分別心。」這一句寓意人有佛性本就清淨圓滿。

潭面無風鏡未磨

佛教地水火風四大物質中，「水」表潔淨無染，「風」為動性。潭由水組成，水若因風波動，便產生如人想像的晃動幻相，而起垢相，風若止滅，則動相滅。而「鏡」能照見一切，佛教視「磨鏡」為心性修養，學佛精進的功夫，能除卻妄想污垢。但相對禪宗不起心、不動念，以心傳心、當下頓悟的「一法不立」原則，便掉入「未見本性」的「有為」牢籠，「鏡未磨」應是不磨而磨的「無為」悟性。這一句意謂人當反璞自性本自清淨的空相。

遙望洞庭山翠小

人心或許能借助神通，靠意念穿越無量無邊的七十二恆河沙世界（即遙望洞庭七十二峰），但到了圓足無缺的微妙「真諦」面前，無所遁形的固執與私欲，立刻讓人心顯得虛假渺小。本句恰恰吻合玄奘大師手譯《解深密經．勝義諦相品第二》「爾時法湧菩薩白佛言世尊」。「翠」是綠色，佛門儀軌中，表圓足無缺的微妙功德。這一句期許除去心識執著，做到「圓成實性」的悟境。

白銀盤裡一青螺

月亮在佛教裡常借喻有變化會消逝的時間和作語言觀。有變化，抬頭望月能見陰晴圓缺；會消逝，意味生命短暫，這都是人身陷妄念及妄識的無明中。所以佛典開示「以手指月」，「指」是語言文字，「月」代表佛法真諦。若過於執著語言文字，如何見得真理本身？佛性本自清淨，似朗月行空，無論何時何地皆圓滿自足。白銀盤如是萬般佛法，青螺便是諸法中不立文字教外別傳的「禪宗」法門。這一句得悟，自可無疑無懼。

禪宗「華言去欲、定而得境，倏然以清、境生於象外」的「空、無、心」論，劉禹錫了然並汲取精華，將「援禪論詩」具體展現在詩歌創作中。〈望洞庭〉其詩之佳，怎止於文字表層散放的空靈靜境畫面，更多深層地，是只能「意會」的心淨，這就是劉禹錫不道破的「熱鬧」與「門道」距離。

虛實之間

因文名遭八卦，不全然都是壞處，像今署名劉禹錫創作的〈陋室銘〉，在《新唐書．列傳》第五十四〈裴崔盧李王嚴〉裡，卻清楚記載著作者是得到唐明皇追贈禮部尚書的崔沔，但一般人確信是劉禹錫謫居安徽和州時，智鬥縣太爺的傑出代表作品，誰教崔沔文稿遲遲不見天日呢？真假作者之謎拜相對「文名」之賜，到了南宋古文選本《古文集成》面世後，便判給了劉禹錫，而清代盛行讀本《古文觀止》與欽定《全唐文》也照收名下，且採信至今。

【版本說明】

「遙望洞庭山翠小」一句，坊間絕對多數版本尾三字皆作「山水翠」或「山水色」，也有部分作「山擁翠」，本文選取日本平安時期流入日本，後注記京都福井氏崇蘭館藏本，民國二年經武進董氏照相翻拍回上海，該善本據學界考證結果，約刊印於南宋高宗初期。

【詩人簡介】

劉禹錫，字夢得，晚年自號廬山人，世稱「詩豪」，唐朝洛陽人。因生於滎陽，自稱「家本滎上，籍占洛陽」，先祖為中山靖王劉勝。貞元九年進士及第，登博學鴻詞科，再中吏部取士科，為著名的「三登文科」。釋褐太子校書，還淮南節度使幕府記室參軍，升監察御史。貞元末，入王叔文為首的政治集團，於「永貞革新」失敗後屢遭貶謫。會昌二年，遷太子賓客，遂有劉賓客稱號，卒後追贈戶部尚書。為中唐時期文學家、哲學家，與柳宗元並稱「劉柳」，和白居易合稱「劉白」，又和韋應物、白居易稱「三傑」。今有《劉夢得文集》、《劉賓客集》傳世。

輯次

槐夏

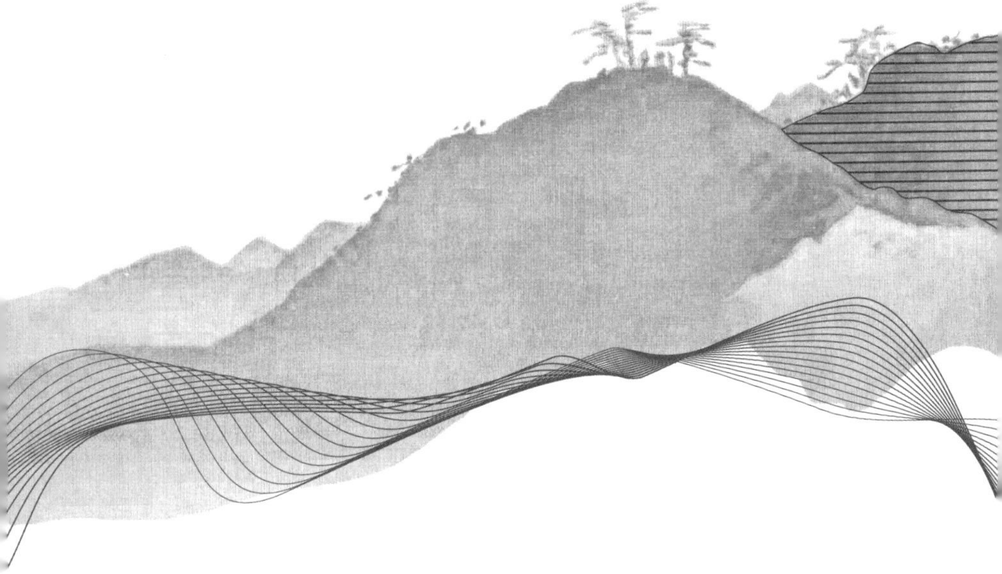

詩到香山／不計篇

09

細雨話清明　考運背到極點的許渾

楔子

文如其人，朗讀唐代詩人許渾作品《丁卯集》，從詩作風格，可以約略尋得意欲翻轉人生卻屢遭上蒼擺弄，最終仍以「悲慨」收場的詩人軌跡。許渾生在國家動盪無止無休的晚唐，一生病痛纏身，經年科考不第，長期羈旅困頓，加上親友相繼離亡，處在這樣多種殘酷折磨底下，詩人寄情文字，理出生命無常，具體把時不我與的無奈，雕琢成筆下有情詩句，細讀起來，格外教人增添幾許惆悵。

詩人曾經登上咸陽城樓，隔著渭水遙望新都長安，悵然留下「山雨欲來風滿樓」詩句，文字背後蘊藏著多少「藩鎮割據」與「宦黨爭權」的禍國憂傷。讀聖賢書，為的不就是一展書生報國的鴻鵠之志？自元和初年「落第泣秦京」，憑藉愈挫愈勇的百折不撓精神，鍥而不捨二十六年，終於在大和六年以進士及第歡唱「世間得意是春風」時，又怎料吏部「關試」居然功敗垂成而不得官職，只得入節度使幕中等待論薦，直到開成三年，年屆半百才任宣州當塗尉，詩人喟嘆寫下「一尉滄洲已白頭」。

官運坎坷，幾乎是歷代著名詩人的共業。許渾相對僥倖，在遲來與不曾顯赫的官階傘下，避開貶謫之禍降臨其身，身子骨兒羸弱亦是上天疼惜所賜予化解仕途夢魘的護身符。他勤耕詩作，寫得洗鍊、奇美、悲慨，營造意境情致真切，慣用細膩偶對手法，不時挑動著水、雨氣象別具脫塵姿色，「水」和「雨」是他經常體現心情的標誌，後人也順意冠上「千首濕」雋譽。

盜版破綻

許渾宦途無奇，文名無法媲美當紅作家，優質詩作難躲不肖書商盜名欺世，混充暢銷級詩人名下牟取暴利。南宋名臣洪邁就在編著《萬首唐人絕句》序言中挑明，金華刊刻本「杜牧」作品《樊川續別集》皆為許渾詩作。其後「江湖詩派」代表人物劉克莊也在著作《後村詩話》前集卷一裡，直陳託名杜牧的三卷《樊川續別集》，十之八九都是許渾作品。

然而，此事元明清三代史學界並無過多關注目光，直到近代國學大儒陳寅恪在《元白詩箋證稿》中，針對南宋遺民謝枋得重編劉克莊編選之《分門纂類唐宋時賢千家詩選》時，新收入並署名杜牧一首膾炙千年的七絕詩作〈清明〉提出鑽研後質疑。這一質疑，重新撥開〈清明〉真實作者為誰的鎂光燈，現代學界調查研究也才陸續從晚唐薛能、溫庭筠，北宋宋祁等詩人，慢慢聚焦回到最有可能的許渾身上。

根據陳寅恪質疑而深入探究〈清明〉作者為許渾的學者們，主要推斷觀點從許渾留下的相似意涵作品，反推詩裡描述的時間、地點及人物，皆吻合許渾遭遇的樣態。

這首類似〈清明〉詩作，為許渾的五言律詩〈下第歸蒲城墅居〉。唐代進士考，一般在二月放榜，許渾落第打包回蒲城，「時間」差不多該在三月清明左右。「地點」從長安至蒲城，按《蒲城民國志‧教育志》記載，於中間路段呂原鄉境內，過去真有所第六保國民學校「杏花村」分校存在。詩句裡的「薄煙楊柳路」、「微雨杏花村」、「牧豎還呼犢」、「不知余正苦」，恰恰都是〈清明〉詩中出現的人、物與情境。

此外，若直面〈清明〉詩句「欲斷魂」，剛好是反應許渾無數次落榜後極度失意的精神寫照，欲借酒澆愁便合情合理。而關於蒲城是否產「酒」的議論，依《蒲城縣志》卷三〈桑落酒〉記載，「西鄉桑落坊，每至桑落時，取寒喧得時，以井水釀酒，故名。」另在光緒年間新修版《蒲城縣新志》卷一則注記「桑落酒，舊著名，見於杜工部詩，今無。」蒲城釀製桑落酒的歷史，與山西永濟所釀產的桑落酒曾經並存，因此，蒲城往日產酒的事實應當足以採信。

〈清明〉七絕四句，分別從時間、人物、事件、地點四個面向，觸及外在環境與內在人心，情境營造由「自然」時序天候，轉切「人物」心神焦躁與渴望追尋，最後「重燃希望」。詩作鑑賞分析，始終不脫「慎終追遠日，遇雨倍加思念亡親而感傷不止」；「假期出遊天，綿雨掃興，心情大受影響」；「稽古憂國心，身處朝政敗壞時，卻無能為力。」三種明暗情境，以及牧童遙指的「杏花村」，是村莊？是酒館？是真實存在？還是文學意象裡的一分虛構？

如果〈清明〉作者真是許渾落榜回蒲城時的短版心情速寫，那麼這首詩就該有以許渾為視角的全新注解。可想，一名玉樹臨風的豪氣青年，潛心苦讀到兩鬢近灰的中年大叔，年年赴京趕考，卻屢「試」不中，當下悲痛心情，想麻醉在杜康裡暫忘煩憂，是容易理解的。

【詩作新譯】

〈清明〉

清明時節雨紛紛，路上行人欲斷魂。
借問酒家何處有，牧童遙指杏花村。

清明春雨總是下個不停，完全呼應著我又一次落榜的沉重心情。返鄉路遙遙，何處是歸途？愈想愈苦。

何以解憂？唯有杜康？踏在熟悉的路上卻忘了身在何處？誰知酒店哪裡有？牧童指向遠處的杏花村落。

「雨紛紛」形容雨一直下個不停。「路上行人欲斷魂」此處指的是一副失魂落魄走在回家路上的許渾自己。「欲斷魂」因遭受連續落榜的打擊，悲傷得快要失去魂魄的樣子。「遙指杏花村」指著遠處依稀可見座落在一片杏花樹叢深處的村莊。

經過愈來愈多史料舉證，斷言〈清明〉作者為杜牧者日益站不住腳，但就此論定作者為許渾，似乎仍難杜絕眾多疑惑之口，畢竟最早曝光〈清明〉詩作蹤跡的，是早先於劉克莊編輯或謝枋得選注《千家詩》前，刊行於南宋淳熙年間的《錦繡萬花谷》後集卷二十六〈村・杏花村〉裡的一首不曾署名作者的佚名詩作。

細究七絕〈清明〉，雖酷似許渾五律〈下第歸蒲城墅居〉原形的精華濃縮之作，而支持學者也端出詩中文義一一推敲成理的佐證，可惜獨缺更明確證實出自許渾之手的關鍵史料。或許，現階段套用「近寒食雨」那首寫作手法近似的〈雜詩〉作者佚名說法，會比較中肯適切。

附記：詩作〈清明〉現收錄的最早史料《錦繡萬花谷》，詩名為〈杏花村〉，作者佚名。

【詩人簡介】

許渾，字用晦，一作仲晦，世稱許丁卯。祖籍安州安陸，寓居潤州丹陽。武周朝宰相許圉師六世孫，晚唐極具影響力詩人之一。大和六年進士，開成元年入南海盧鈞幕，開成三年正式拜官，任當塗尉、轉太平令，升監察御史，調潤州司馬。大中三年復拜監察御史，因病乞歸。復出後歷虞部員外郎，睦、郢二州刺史，晚年歸隱丹陽丁卯橋。其詩多律詩與絕句，聲律自成一格，句法工整圓熟，謂之「丁卯體」。作品歷史評價懸殊，誤入杜牧集者甚多。因詩多寫雨、水景色，後人擬以「許渾千首濕」與之「杜甫一生愁」齊名。自編詩集《丁卯集》，《全唐詩》收其詩十一卷，今無爭議留存名下詩作約四百五十首。

10 煙雨江南春 鶯啼千里杜牧遣悲懷

雨中遣懷

釧動釵飛，管弦嘈雜的酒肆門裡走出了一位詩人，詩人撐了把紙傘融進細雨綿綿的秦淮河畔。夜雨春寒，夾岸酒綠燈紅，掩映在河道上煞是好看，對比著日間花團錦簇的錦繡江南，毫不遜色。但詩人已無心戀棧於紙醉金迷的日常，拖著沉甸甸的步履，緩緩行進在絢麗的夜色中。

詩人心想，頹靡已久的大唐，好不容易迎來的「元和中興」，卻似黃粱夢般地煙消雲散，藩鎮跋扈所造就的時局，紛亂得教人無所適從，那曾經恢宏的盛唐氣象，會不會就此踏上六朝金粉的後塵，在浩渺的歷史洪流裡，再添一縷萬劫不復的亡魂。

要解讀一個國家富強與否，透過人民富庶的景況即可判別，其中大眾「娛樂」消費是衡量經濟繁榮的重要指標，而象徵「李唐執政」的興盛，某種程度可著眼於「青樓」與「酒坊」的林立而窺見其面貌，當整體社會過度縱情於酒色時，潛藏幸福背後的危機會不會尾隨而至，或許，「歷史宿命」已經告誡世人，繁華過盡易入盛極而衰的命運。

雖然詩人年輕時懷抱過滿腔熱血，無懼風險地勇敢直諷大起宮室，廣納聲色的皇帝而寫下〈阿房宮賦〉，為充分暢述藩鎮誤國的見地，昂首揮灑五言長篇〈感懷詩〉，只可惜這一切皆作孤臣無力的枉然，詩人會經常沉溺於「青樓酒坊」，算不算是對現實無奈的一種宣洩？是矛盾！更是諷刺。

不過，詩人腦子是清楚的，此刻的「雨」喚醒了詩人失落的情懷，不必記得是誰說過雨中漫步最富詩意？光是雨散發的善感氛圍，已足夠讓詩人乘著「雨」捉住「詩」遣悲懷的靈感而完成一幅心靈的畫卷，詩人用白話成詩，以隱喻寫詩，藉詩淬鍊出生命的彩度，進而豐潤文學的華美。

趁著江南這片春雨，詩人就地取景抒懷，名為〈江南春〉。字面書寫秀麗風光，以景抒情；字裡藉景寓實，以實代意。景面寫實，景下寫意，讓純看「景」的人讀詩「賞景」，懂得解「意」之人從「實」中領略大唐由盛轉衰的關鍵，藉此心生警惕。

【詩作新解】

〈江南春〉

千里鶯啼綠映紅，水村山郭酒旗風。
南朝四百八十寺，多少樓臺煙雨中。

其一，詩人「景面寫實」讀詩賞景

徜徉在無邊春色裡，耳際聽聞著愉悅婉轉的燕語鶯啼，眼簾跟著映入漫山遍野的綠樹紅花，好一個春暖花開的江南大地，處處生機盎然。無論臨水聚集的村落，還是依山而建的城郭，多的是供人歇腳閒談的賣酒人家，門口懸掛的布招兒正迎著風動，霸氣地飄揚起來。環顧四周，一座座南朝政體所遺留下來的斑駁古剎，籠罩在這突如其來的朦朧煙雨之中，益發地增添了幾許思古的幽情。

江南風光，始終是文人墨客最愛吟詠的題材。詩人「寫實」，用凝鍊的分鏡藝術，記錄著旖旎的江南春景，二十八個字宛如詩畫，從「賞景」中品味萬千景色，引領讀者感受遼闊大地的「自然」之美、樸實經濟的「人文」之美、宏偉建築的「歷史」之美，以及因氣候變化帶來的「迷濛」之美。純粹讀詩，不作聯想，「以景抒情」，歲月靜好。

第三句中的「四百八十寺」，應是參照初唐李延壽撰寫的《南史》〈循吏．郭祖深傳〉「都下佛寺五百餘所，窮極宏麗，僧尼十餘萬，資產豐沃。」而來，意思是說，當時首都內的寺廟有五百多座，座座富麗宏偉，出家僧尼多達十餘萬人，而且擁有許多財產。詩人取「四百八十」想必是種合轍押韻的數字概念，非指實數，僅僅形容「很多」之意。

其二，詩人「景下寫意」見實悟意

當下的環境充滿著各種誘惑？不只城市隨處可見鶯歌燕舞、花紅柳綠的場景。連漁村、山城這些窮鄉僻壤，也有數不清供人歡娛的酒家茶鋪。這些場所的確可為國家帶來稅收，為百姓增加收入，但在促進經濟發展的同時，是否也腐蝕了人心？想想南朝每個政體，傾國之力虔誠地打造金碧廟宇的全盛時期，有哪個料想得到其結果？如今不都同樣淹沒在歷史的軌跡裡。

「寫意」帶著濃厚的提醒味道。詩人直切唐政府「由強轉弱」的觀點，詩作前兩句從「青樓酒坊」探索字面下的玄機，娛樂消費本是牽動經濟成長的重要原因，卻也是導向社會衰敗的關鍵因素。唐玄宗曾經創造出唐王朝空前鼎盛的格局，也因自滿而耽溺於逸樂，結果招致苦難，國家就此積弱不振。

相隔「開元盛世」約一甲子，憲宗治理下的「元和中興」重啟大唐強盛的曙光，可惜後繼的穆宗、敬宗奢侈荒淫，畋遊無度，終使大唐無力回天。文宗繼任，時值詩人任職揚州，期間多次遊歷金陵，金陵乃南朝四個政體的首善之區，詩作後兩句則順勢借助宋齊梁陳的前車之鑑，警示人們物極必反的道理。

這首詩作，後代學者多由三個面向作研究譯注，一為「抒情論」，喻作者杜牧藉景感嘆人事滄桑。二是「諷刺論」，指作者心存尚儒排佛的主張，其旨借古諷今，表達出對統治者無能治國卻篤信宗教的憂疑。三作「藝術論」，認為杜牧單純地描繪景物之美，應當回歸藝術視角，而非給予過多的抽象推論。

根據多方史料記載，詩人杜牧偏好涉足風月場所，但又不失憂國憂民之心，〈江南春〉的「寫意」之情，即由此一論點出發。

關於寫意的「風月」聯想，應與詩人遍遊金陵期間的另一首名作〈泊秦淮〉合併理解，「千里鶯啼綠映紅，水村山郭酒旗風」是「夜泊秦淮近『酒家』」

的深度拆解；「南朝四百八十寺，多少樓臺煙雨中」則宜對照「商女不知亡國恨」琢磨，為詩人有感而發，是勸勉「唐民」該要懷抱的殷鑑。因此，「寫意」嘗試作研究譯注的第四個面向，以「警示論」詳解。

【詩人簡介】

杜牧，字牧之，唐朝京兆萬年人。太和二年擢進士第，累遷中書省（別名紫微省）捨人，人稱杜紫微。秉性剛直，敢論列大事，文章犀利，明白曉暢而自成一家。古體詩取材廣泛，用筆峭勁；近體詩文詞清麗，情韻見長，詩歌與李商隱齊名，並稱「小李杜」。新體散賦突破賦體駢偶化與聲律化趨勢，將抒情、敘事、議論熔為一爐，對賦體發展深具影響。著有《樊川集》傳世。

11

巴山聽夜雨　那一夜李商隱好想妳

唐詩新曲連結 11
〈君問歸期（夜雨寄北）〉

時空寄情

夜裡的雨，總黏著一絲蒼涼感。

我永遠忘不了那個雨夜，妳壓低了音量問我何時可以回家？我輕撫著妳的臉頰，細聲回應說，妳應該了解的，我去到一個新環境重頭開始，什麼時候能夠排假，現在是很難說得準的。就如同我完全無法想像，妳我這一別居然會是永別。

來到梓州後的雨很多，但這裡人卻常說，順著江流向東南而下，渝州那裡有座巴山雨更多，絕妙的是，天天落在夜裡。此刻，我就在巴山聽夜雨，在雨夜裡想妳。

窗外秋雨滂沱，雨水已經溢滿院落池塘，湧流出來的塘水偷偷套上了窗內燭火微弱的光，隱隱約約，粼粼閃爍像淚光，似乎讀透我止不住思念妳而暗暗淌血的心房。

旅店格局，像極了我們長安的家，我刻意選擇我們居住的東廂角落，方便夢裡讓妳熟悉地走進來團聚。真的好想妳！我們什麼時候還能一起回到那段溫馨歲月，夜裡共伴，我在西窗下朗讀，妳在一旁焚香聽讀，盯著燭火，貼心修剪燭芯，深怕光源不穩而干擾我讀書的興致。

妳知道嗎？我是多麼地渴望把今夜在這巴山上聽雨、想妳的心情，一點一滴訴說給妳聽。

【詩作新譯】

〈夜雨寄北〉

君問歸期未有期，巴山夜雨漲秋池。
何當共剪西窗燭，卻話巴山夜雨時。

李商隱這首詩寫得白話，無需解釋，任誰都能感受到詩裡所傳達的一種憂情。詩意不難，難在從「詩名」開始，便織起環環相扣的謎樣蛛網，千百年來讓義山迷陷入難以破解的謎局。今人口中通稱的〈夜雨寄北〉，在南宋名臣洪邁編訂的《萬首唐人絕句》裡則題作〈夜雨寄內〉，洪邁據理落筆一字之差，誰能斷定這不是李商隱諸多〈無題〉作品中本也作「無題」的其中一首？果真如此？是誰心血來潮悄悄題上了詩名？就好比支持詩作是贈予友人或寫給生活在長安妻子的「寄北之說」，和真切思念妻子的「寄內之說」，有了這些詩謎，才會衍生詩作究竟寫給誰的猜想。

長期以來，學界對於「寄北」與「寄內」的筆論，詩作完成於愛妻王氏身後的看法基本一致，但作於王氏病故的唐宣宗大中五年，還是身故兩年後的大中七年始終難以定論，這便徒增思念亡妻以及贈送朋友的議論空間。作品單純以起、承、轉、合醞釀鋪陳的心思結構分析，除非李商隱潛藏有「斷袖」性格，否則詩作當是寫給女性，詩若能找到完成於大中五年的確證，詩吐對象無疑就是愛妻王氏。

傾向詩贈友人切入的論點，關鍵落在第三句裡「西窗」一詞，學者舉出「西窗」是古人用作讀書寫字、會客及提供客宿的考證，用此強化期待「共剪西窗燭」的是好友而非妻子的推論，此外，再提列古代房宅格局佐證，說明男主與妻子夜裡談心，當在正堂臥室南窗下，豈會在西窗。這些觀點確實具有說服基礎，唯一忽略了李商隱婚後母親仍然健在，即使不同住，正堂臥房一般會保留給母親，自己則住東廂。又母親去世後，李商隱長年在外，妻子慣住東廂不移正堂也屬合理推斷。

解謎中，除了創作時間與詩予對象外，詩裡另一個過於具象，以致常遭混淆忽略的便是牽動靈魂意境的「巴山夜雨」，「巴山」，坊間譯注皆指面積近乎涵蓋川、渝、鄂、陝、甘西南五省山地交界的「大巴山」，實則不然，詩裡這座巴山，實指李商隱任河南尹柳仲郢幕，授節度判官治理梓州期間，執行公務或遊歷巴蜀走水路入渝州，途經的「縉雲山」。

據唐代學者李吉甫編纂的《元和郡縣圖志》記載，梓州是隋朝開皇晚期，以梓潼水之名所改置，梓潼水於州內射洪縣匯入涪江。涪江又在合州匯流進嘉陵江（唐人也稱巴江），縉雲山就位於合州流往渝州段的嘉陵江畔，依明代藏書家曹學佺研究撰寫的《蜀中廣記》卷十七〈圖經〉詳述，「縉雲山」相傳是黃帝調配藥物的地方，在南宋地理總志《方輿勝覽》裡即稱「巴山」。今屬重慶北碚轄區，又按北碚氣象研究所統計北碚四季晝夜降雨分配的文獻資料顯示，該區夜雨時間占全年七成以上，春夜降雨率最高，秋夜次之，但雨量大於春季。可見縉雲山一帶夜雨狀況相當吻合詩作第二句「巴山夜雨漲秋池」。

想想，〈夜雨寄北〉成詩於千年以前，論表現技法卻極其前衛，李商隱以後設思維超前部署，將預知人物的互動情境（三句）與未來場景（尾句）直接拉回當下，藉此衝撞過去已然發生而無力解決的問題（首句），再把回憶「過去」、引出「未來」同時聚集於「現在」時空（二句），這種將現實世界所遭遇的痛苦和虛無，全部託付至內心另一個美麗的想像世界，瞬間集結靈、魂、體三元論一次放射的創作手法，直到千年後「象徵主義」在法國出現，才正式標誌出人類文學發展史上一種全新的創作流派產生。

雖然有部分恪守格律詩戒忌的學究，以絕句忌直白、避重字等「七禁七避」規則來否定這首詩作的優秀性，但這首詩作若真拿掉了首句「期」字與二、四句「巴山夜雨」詞的重複，這首詩還能擁有這般魅力而成為李商隱的扛鼎力作之一嗎？多數人喜愛李商隱作品，像是朗朗上口的「相見時『難』別亦『難』」、「『昨夜』星辰『昨夜』風」等〈無題〉七律，不都是被詩句裡這些重複字詞所感染嗎！字詞是重複，讀起來卻毫無重複感，而且還更多了些觸動心弦的韻味。這不正是李商隱迷人的風格與特色所在。

李商隱重複「巴山夜雨」，無視格律理性，著重感覺，講求氛圍的神祕張力，把自我感受引向讀者的心靈世界，將「有期無期」這般濃烈帶有頹廢感傷的情調發揮到極致，這些運用主觀意境去暗示詩人心靈無奈感受的方法，只證明李商隱創作特色已將詩歌藝術提升到另一層次文學高度。再看看李商隱拋下的詩謎，不也早先步伐，具體實踐完成千年之後，法國象徵主義詩人斯特凡．馬拉美（Stéphane Mallarmé）才說出的那句經典名言：「詩寫出來原是教人一點一滴地去猜想，這就是暗示，就是夢幻。」

攸關作者品格的聯想

無論正史《舊唐書》或者《新唐書》，甚至元代文史大家辛文房撰寫的野史《唐才子傳》，給予李商隱生平操守評價都極度負面，但無礙喜歡李商隱詩作的廣大群眾，尤其在多數中肯的知識分子理解上，「正史」一般帶有點「成王敗寇」為政治服務的色彩。若把關於李商隱「人品低劣」的史觀作統整，不外肇因「牛李黨爭」下他「懷才」逢源的「際遇」之罪，造就這番際遇，其實可從他遺留世人繾綣浪漫的詩句中，嗅出是他個性儒雅與懦弱所導致的結果。

【詩人簡介】

李商隱，字義山，號玉谿生、樊南生，祖籍隴西狄道，生於鄭州滎陽，為晚唐出色詩人。開成二年進士，政治生涯因捲入牛李黨爭遭到排擠而失意一生。駢文造詣高，更擅作詩歌，詩作多寫感慨，尤以詠史和愛情詩見長，其詩結構細膩、韻調優美，豐富想像下具有個人強烈風格。部分詩歌隱晦難解，以至有「詩家總愛西昆好，獨恨無人作鄭箋」之說。與杜牧合稱「小李杜」，和溫庭筠稱「溫李」，又詩文風格與溫庭筠、段成式相似，且同在家族排行十六，因此並稱「三十六體」。今傳世輯錄作品有《李義山詩集》及駢文《樊南文集》。

12 霸業九月八　黃巢落第前後兩賦菊

序幕

幾家歡樂幾家愁的容顏，總在杏月時分的禮部貢院東牆邊上，匯演個一回。一群從金榜下魚貫而出的老壯中青，各自五味雜陳，誰是狀元？誰是榜眼？誰是探花？誰又是幸運的進士及第？喜孜孜笑滿腮不絕於耳的聲調下，更多的是名落孫山的嘆息聲。

落榜書生黃巢，一臉失魂落魄般呆立牆角發愣良久，內心疑惑、憤恨交織，四度求取功名的目的究竟是什麼？牛李黨爭殷鑑不遠，多事之秋的國家仍籠罩在宦官專權、藩鎮割據的陰影中，好不容易感受到遇見明主（宣宗）

勵精圖治的希望，轉眼接任的昏君（懿宗）又耽溺酒色、遊宴無度，自己滿腔報國的熱血也在奸佞當道下一次又一次慘遭踐踏。

「颯颯西風滿院栽，蕊寒香冷蝶難來。他年我若為青帝，報與桃花一處開。」憶起兒少時曾在爺爺、父親面前即興而作的這首〈題菊花〉詩，黃巢不禁赧然汗下，對比幼年的凌雲壯志，此刻的萬丈豪情呢？頓時放下愁傷，振作賦詩〈不第後賦菊〉呼應，「待到秋來九月八，我花開後百花殺。沖天香陣透長安，滿城盡帶黃金甲。」自此橫眉冷對千夫指，當個扶危救急終身不碰科舉的私鹽販子。

公元八七五年，朝政腐敗令百姓難再吞忍，黃巢響應王仙芝揭竿起義，鏖戰大江南北，三年間深獲庶民擁戴，自立年號王霸，稱沖天大將軍，八八〇年末過淮河，攻破東都洛陽，隔年一月再克長安，隨即登皇位，建大齊，年號金統。起義軍阻斷唐室大運河經濟命脈，占領大唐半壁江山，嚴重影響李唐統治權，之後黃巢為叛將所殺（八八四年），唐朝看似苟延殘喘，實際已名存實亡，史稱「黃巢之亂」。

【詩作新譯】

〈題菊花〉

颯颯西風滿院栽，蕊寒香冷蝶難來。
他年我若為青帝，報與桃花一處開。

〈不第後賦菊〉

待到秋來九月八，我花開後百花殺。
沖天香陣透長安，滿城盡帶黃金甲。

第一幕：不第之前

颯颯西風滿院栽，蕊寒香冷蝶難來。
他年我若為青帝，報與桃花一處開。

深秋漸近，聽見風的歌聲在園裡輕輕迴盪，眼前遍植的黃花昂首向天迎風招展。

白璧微瑕，花蕊微吐的寒氣雖飄溢著微香，畢竟冷絲絲的季節缺少了彩蝶伴舞。

遺珠不再，倘若有一天我成為了百花之神，絕不教菊花孤獨地在秋涼時候綻放。

繁花盛景，且留待大地回春日惠風和暢時，賞桃紅菊黃爭妍鬥豔人間豈不美哉。

這首〈題菊花〉詩，依南宋錄事參軍張端義著作《貴耳集》卷下記載，黃巢作這首詩時只有五歲，寓意黃巢才智優於常人，此處不疑真假，純論詩義，整首詩作強烈展現作者因不堪世事多不平而帶有捨我其誰的改造渴望，首句「滿院栽」是隱喻廣大底層的小老百姓，次句「蝶難來」是指劃分階級的不公不義，第三句「為青帝」展現作者取而代之的企圖心，收尾「一處開」訴求人無分貴賤，理當平等對待。

「青帝」是古代傳說五帝中的太昊，專司天下的東方，五行中為木，亦稱木帝；五色中色青，稱為青帝或蒼帝，在季節裡則代表春天，即春神，春神掌理百花，所以也稱花神。「報與桃花一處開」即花神命令桃花和菊花同時綻開。花期因科別屬性與大自然節氣相關，實際上桃菊不可能同時盛放，黃巢應是受武則天詔詩〈臘日宣詔幸上苑〉在冬日催花齊放的影響，表示人間帝王什麼都能變，就算天上神明都要懼讓三分。

第二幕：不第之後

待到秋來九月八，我花開後百花殺。
沖天香陣透長安，滿城盡帶黃金甲。

字面淺譯如下：等到暮秋進入壽星月開始，這個隸屬長壽花開的月令正是百花退散的時節，屆時盛綻花朵的香氣將會瀰漫整座長安城池，全城也在黃菊的圍繞下，就像站滿身穿金黃盔甲的戰士而發出閃閃光芒。

詩意深喻：等到秋天歲星正式進入壽星這個良辰吉日，枕戈待旦的我就會一聲令下，所有跟著我起義的農民隊伍必定奮勇推翻腐敗無能的李唐政權，這股排山倒海的仁義之氣勢必遍溢長安城內，屆時裡應外合，頭紮黃巾身著金裝鎧甲的軍容將行兵列陣在全城每個角落。

「九月八」古代十二星次行經壽星宮位的第一天。「我花」字面指菊花，菊花亦稱長壽花，此說典出東漢學者應劭作品《風俗通義》。實指已摩拳擦掌整裝待發的黃巢自己。「百花殺」字面作百花枯萎解釋，實指大批響應黃巢起義的農民軍。「我花開後百花殺」即菊花怒放日，百花凋零時，意指黃巢振臂一呼，群起而攻。

「沖天香陣」字面喻菊花香氣直衝雲霄，此處「陣」為量詞，是很多菊花的意思。「沖天」實指排山倒海的氣勢。「香陣」實指仁義之師。「盡帶」盡即全部，帶是動詞，為圍繞、環繞之意。「黃金甲」形容菊花層疊的花瓣像極鎧甲鱗片。實指頭紮黃巾身著金黃鎧甲的起義軍隊。

關鍵解讀

黃巢詩作首句破題明指「九月八」，深信資深專業命理師可以了解個中三昧。古代因科學並不昌明，舉凡宗廟社稷、大眾社會執行任何重大活動或者儀式皆須講究良辰吉時，事事從陰陽術數、天象運行中選擇黃道吉日，「九月八」應非黃巢為了符合詩作押韻而讓隔天的九九重陽節提前登場，實際上「九月八」這個日子另有其重大涵義。

古代先民觀測歲星，將太陽移動的黃道軌跡區分成十二段，稱「十二星次」，依序為星紀、玄枵、娵訾、降婁、大梁、實沈、鶉首、鶉火、鶉尾、壽星、大火、析木。又將月亮繞行一圈的時間稱作「二十八宿」，並劃出東、北、西、南四方，按方位每方排列七宿，東方有「角亢氐房心尾箕」；北方為「斗牛女虛危室壁」；西方是「奎婁胃昴畢觜參」；南方置「井鬼柳星張翼軫」。這種運用歲星紀年的方式，在商朝末期即被普遍運用，而星次與星宿相對應的位置後來也都明確詳載於《漢書・律曆志》。

「九月八」在星次運行中為「壽星」起始日，「壽星」在先秦辭書《爾雅》裡解釋為「角亢」。角亢在二十八宿中為東方星首，守護神則為青龍，龍代表尊貴帝王象徵。唐貞觀太史令李淳風著名的著作《推背圖》第五十二象有預言「乾坤再造在角亢」，說明這是改朝換代最佳時機。周朝典籍《國語・晉語》則載「歲在壽星及鶉尾，其有此土乎！天以命矣，復于壽星，必獲諸侯。天之道也，由是始之。」白話意思是，歲星運行到壽星和鶉尾時，土地終將歸屬於我。天象已經明白預示，只要歲星運行回到壽星時，我就能獲得諸侯擁戴，天道循環，徵兆就是從此開始。

只要理解九月八日來龍去脈，就能清晰掌握黃巢書寫這首詩作當下的義憤心情，黃巢刻意挑寫具有象徵意義的時機點來成就立國功業，無非凸顯「真命天子」氣魄與「真龍」非他莫屬的雙層正當含意，菊花色澤璀璨猶如帝王般輝煌，是當令的花魁，也是渲染與襯托的不二裝飾，尤其尾句把菊花完全擬人化的「滿城盡帶黃金甲」讓全詩讀來氣勢如虹。

黃巢迷蹤

關於黃巢兵敗結局，史料有遭叛將殺害、自殺與出家為僧三種不同記載，叛將殺之說又分正史《舊唐書》的為外甥林言所殺與敦煌文獻《肅州報告》中為叛降尚讓所殺兩種版本，但以遭林言所殺者為最多，包括《舊唐書》中〈僖宗紀〉、〈黃巢傳〉、〈時溥傳〉，《資治通鑑》、《桂苑筆耕錄》、《北夢瑣言》等。正史《新唐書．黃巢傳》異於《舊唐書》，記載為自殺。宋代學者邵博撰述《河南邵氏聞見後錄》卷十七則採記出家說法。

【詩人簡介】

黃巢，唐末曹州冤句人，生卒年說法頗有爭議，為歷史上響亮的農民起義領袖之一。出身鹽商家庭，自幼飽讀經書，能騎善射並得秀才功名，曾四次舉進士皆不第，後販私鹽為業。公元八七五年率農兵起事，八七八年自稱沖天太保均平大將軍，年號王霸。八八一年初（農曆八八〇年十一月）攻陷長安，自立為帝，尊號承天應運啟聖睿文宣武皇帝，國號大齊，年號金統，八八四年兵敗收場。現有傳詩〈題菊花〉、〈不第後賦菊〉兩首及疑後人偽作〈自題像〉一首。

13 詩話色彩學　蘇東坡醉書望湖樓頭

楔子

綠柳繽紛的西子湖畔，望湖樓終於等來了一位知音，但，這位知音心事重重，飄散著一身陰鬱的黑茫，表情略顯蒼白、虛弱而缺少力量，外表陰鬱的黑茫，是種壓抑後顯現的肅穆之情，對應虛弱的蒼白，流瀉著內心潛藏不止的純潔與信念。

空氣中，黑與白共同調和的灰，襯托出當下知音色調上所欠缺的光澤和亮度，他，情緒縱然沮喪而鬱悶，卻不失品格裡的高雅和謙遜。其實，知音也在等，等待著一分淡藍的理智，憑著這分理智，去伸展一個深遠博大，平穩清麗的人生抱負。

望湖樓等來的這位知音是誰呢？正是官場失意的北宋才子東坡居士，蘇軾。

蘇軾把心思放在手心上，傾刻間化為筆墨丹青，半醉間連書五首詩作，大氣豪放之下，眷戀浮塵又歸於平靜，五首詩是一次深層的自我療癒與對話，字裡行間絲毫不留現實中苦悶的痕跡，讀者看到的，只有濃郁的藝術氣息。若疑問作品亮眼何處？盡在詩心，是一場大自然色彩與詩人心靈合而為一的絕妙邂逅。

與自己私密對話

根據《蘇軾詩集》記載，蘇軾寫詩當天是神宗熙寧五年（一〇七二年）的六月二十七日，那是他遭受朝廷貶謫至杭州擔任通守的第二年，他遊歷西湖後，在望湖樓上小憩飲酒，酒入愁腸，索性將所見所感，佐以現實際遇，一股腦地寄情於翰墨之上。

吟罷〈六月二十七日望湖樓醉書〉，驚訝詩作一首接一首，循序漸進、環環相扣，乍看不同事物，卻具備連續性，採抽絲剝繭的筆調，悄悄地抒發了有志難伸與心理自處的調適過程，五首作品思想精華，可以簡短五句話三十個字囊括，〈其一〉看「世事無常難料」，〈其二〉談「理當隨緣自在」，〈其三〉說「塵緣牽掛難捨」，〈其四〉笑「自擾何苦來哉」，〈其五〉勉「就此活在當下」。

五首詩感覺各說各話，卻各自精彩，無一不是蘇軾與自己最私密的對話，從整組詩作流傳廣度及作者本人偏好度檢視，〈其一〉「黑雲翻墨」一詩最受矚目，否則，蘇軾十五年後舊地重遊，就不會有感寫出〈與莫同年雨中飲湖上〉「還來一醉西湖雨，不見跳珠十五年」的續篇詩作。

【詩作新譯】

〈六月二十七日望湖樓醉書〉

黑雲翻墨未遮山，白雨跳珠亂入船。

捲地風來忽吹散，望湖樓下水如天。

這首七絕詩，靈活描繪出西湖忽陰忽晴、忽雨忽風變化多端的面容，輕輕撩撥起大自然翻雲傾雨、綣風晴空的萬千氣象，畫面中聲色動靜皆美，濃彩重色底下清晰可見距離的景深，詩作基本是由黑、白、灰、藍四種顏色組合而成，搭配聲音和動作，完美構築成蘇軾詩學裡的色彩里程碑。

黑雲翻墨未遮山，白雨跳珠亂入船。

這場山雨欲來與雨過天青的激情相遇，蘇軾借用傾倒的墨汁慢慢在雲端暈染開來，先營造暴雨將至的氛圍，從遠處依稀可辨到逐漸模糊的山影，然後大地被烏雲完全密罩，剎那間，「黑」主宰了萬物所有，接著，傾盆大雨急瀉而下，雨點竄打在湖上的船舶，飛濺的雨花好似點點跳散的珍珠般串出片片畫卷，在光影折射中綻放透析耀眼的亮「白」。

捲地風來忽吹散，望湖樓下水如天。

暴雨如火如荼地展開，突然，陣陣狂風呼嘯而來，眨眼功夫，退散了烏雲也止住雨勢。風是透明而無色的，如同色彩學裡的「灰」，中性百搭可隨形變化，不似無色系家族成員裡壁壘分明的絕黑與絕白，它雖是兩色領袖融合的產物，卻是不折不扣、如假包換的「無色」。撥雲雨，見晴空，湖水恢復平靜，在望湖樓上向外遠眺，此刻，西湖的「藍」，水天一色。

蘇軾琴、棋、詩、畫樣樣皆通，既精於畫，便懂得色彩，將顏色放進詩中，詩境極易產生畫面，畫面牽動視覺，視覺延伸聽覺，雲、山、雨、湖、天為景，樓、船是物，雨落、風吹作聲音，藉大自然變幻莫測，隱喻世事的無常難料，談景也舒心，這一舉兩得之處，就是蘇軾文學造詣高人一等的地方。

【詩人簡介】

蘇軾，字子瞻，一字和仲，號鐵冠道人、東坡居士，北宋眉州眉山人，嘉祐二年進士及第，累官翰林院侍讀學士、禮部尚書。曾因「烏臺詩案」遭貶黃州，晚年又遇新黨把政被貶，徽宗時獲赦，北還途中病逝常州。南宋高宗謚號文忠，追贈太師。其一生精於書畫，尤擅詩、詞、賦與散文。書法列北宋四大名家之首，繪畫創建湖州畫派，詩作風格獨具，與黃庭堅、陸游並稱「蘇黃」與「蘇陸」，詞作「以詩入詞」首開豪放先河，與辛棄疾並稱「蘇辛」，散文成果豐碩，與歐陽修並稱「歐蘇」，為「唐宋八大家」之一。作品經宋人王宗稷整編為《蘇文忠公全集》。

14

山外有歪樓　真詩假詞林升無須休

故事開端

沒有人知道他是誰？他佇立在旅店窗前，望著碧波蕩漾的湖水良久，連續幾次科考卷上的慷慨陳詞，似乎得不到主考官的青睞與共鳴，又一次名落孫山的失落，耗盡了最後一分期許，他的抱負，猶如一根飄浮不起的鵝毛沉入弱水深處，此刻，天地再大，已無容「心」的棲所。

人們何時開始慣於安逸、善於遺忘？半世紀偏安歲月的鏽蝕，靠著卑躬屈膝、稱臣納貢便得以滿足虎視眈眈者逐步吞併的野心？這種苟且確幸的心態，竟自欺欺人到以為又活在一片太平盛世裡，目光所及，奢靡皇族大興宮殿，鋪張權貴歌舞昇平，一派宋室南遷的國仇家恨全然雲淡風輕。
他義憤填膺地揮筆在牆上疾書了一首詩，頓筆複誦，詩末署上姓名。隨即拎起收拾好的細軟踏向房門，開門前回首凝視壁面墨黑的三十個大字，心底沉沉地又默誦了一遍，「山外青山樓外樓，西湖歌舞幾時休？暖風薰得遊人醉，便把杭州作汴州。林升。」移步房外，閉眼闔門輕嘆，今後，何處是兒家？

【詩作新譯】

〈題臨安邸〉

山外青山樓外樓，西湖歌舞幾時休？
暖風薰得遊人醉，便把杭州作汴州。

遠處層疊的山巒與咫尺起伏的樓閣正點綴出杭城的繁華，西子湖畔日夜笙歌所燃起的迷醉生活何時才得休歇？縱情聲色下形成的靡靡風氣，薰染著每顆顛沛的心而浸淫在歡娛的氣氛中，這座讓宋人流離暫居的城池，不知不覺地已搖身取代了原本冠蓋相屬的汴京皇城。

作者情牽的「山外山」與「樓外樓」，是看得到的青山之外那些已經淪喪而看不見的遼闊疆域，只可惜執政者安於勞民傷財地重新修築宮殿而放棄收復既有的皇廷，誰知道這種上行下效、樂不思蜀的糜爛歪風幾時才能停損終止？浮華逸樂容易麻痺人心、腐蝕意志，哪管杭城取代了汴京，不思圖存繼續揮霍的結果，恐怕杭州淪為下個汴州的日子相距不遠。

這首「即興題壁」的七絕詩作本無詩名，作者也有爭議，詩名〈題臨安邸〉是後人根據「寫在杭州城內客棧房間牆頭」的典故而訂名。「題」是寫在上面的意思。「臨安」即杭州在南宋時期作為首府的名稱。「邸」則為旅店、客棧。因詩「即興」而成，又傳「題壁」以草字書寫，礙於作者草書之名，形體與多字相近難辨，導致有「林升」、「林外」與「林洪」三說，經後世學家考證皆實有其人，除林洪年代稍晚首排其外，至今仍存疑著林升、林外未定論。

目前坊間多採林升是作者的說法，源於明代學者田汝成編撰的《西湖遊覽志餘》，在卷二裡記載著紹興、淳熙年間，士人林升於旅店中題詩七絕一首，這也是該詩最早、最明確的史料出處，惟末句「便把杭州作汴州」的「便」字與一般通讀的「直」字不同，這類異文差異，多半是後人傳抄過程的筆誤，或遭刻意更改所致。

驚豔新作

〈題臨安邸〉雖有幾個異文差異的版本流通，所幸皆無損內容價值，較為遺憾的是，林升有史料可考的作品僅此一首，粉絲難掩意猶未盡之感。近年驚豔林升除存詩一首之外，尚有詞作一闋現身，「和風熏，楊柳輕，郁郁青山江水平，笑語滿香徑。思往事，望繁星，人倚斷橋雲西行，月影醉柔情。」詞牌名為〈長相思〉，詞意恰恰接續了林升寫〈題臨安邸〉後的進一步感傷抒懷。

和風熏，楊柳輕，郁郁青山江水平，笑語滿香徑。

他蹣跚地步出了旅店，微風拂面，楊柳輕飄，面對著湖光山色，他眼眺滿山翠綠，心觀湖水淨澄，卻感慨著路上一群群談笑風生、擦身而過的人們盡朝花香小徑而去。

思往事，望繁星，人倚斷橋雲西行，月影醉柔情。

想大宋立國何以繁華？看過去輩出人才如何撐起文治武功的局面，而今倚靠一座斷橋，相連的歷史就要一筆勾消？西向的雲朵都知道，哪裡才是正確的目標，甘於隱藏月色下的日子，迷戀在濃情小確幸裡，終究得不到真正的幸福。

北宋教育、經濟、文化、藝術、印刷傳播之所以繁榮鼎盛，歸因於人才濟濟的結果，下半闋詞中的「繁星」指的應是為這些成就做出貢獻的大量人才。「斷橋」位在西湖北岸，南宋時稱寶祐橋，基於合理性，宜作金人一切為二的兩宋關係解釋更為恰當。上半闋末尾「香徑」兩字，原為花間小路，此處暗指聲色場所。

真相還原

一詩一詞交相輝映，當可列為文學美談一樁，然而，這闋詞在可考的古典史料中始終不見出處，反倒網路世界遍布極廣，基於治學精神，本文以關鍵字在「谷歌」和「百度」兩大入口網站上進行交叉搜索、比對、過濾工程，終於在近萬筆條目中找到了蛛絲馬跡。

詞作首見於二〇〇六年四月四日，同一日內由兩位化名網民在「百度知道」不同條目內發布詞作，網民甲「胡亂一帥」於提問「林升的古詩除了〈題臨安邸〉還有什麼？」條目中作貼文答覆。網民乙「吸血鬼曬太陽」則在提問「林升的詩！快五分鐘之內！」裡貼文回應。無獨有偶，兩個回答皆無詞牌名也無任何詞作來源說明。

直到二〇〇七年二月十六日，詞牌名〈長相思〉才在「百度知道」中第一次出現，由化名網民「睡睡睡了」解答提問條目「林升的愛國詩。除了〈題臨安邸〉，還有什麼林升的愛國詩，請寫出來。急用……小學五年級寒假作業，速度啊……請把詩的名字寫下來！」裡正式寫出詞牌名，但依然沒有注明出處。

更值得注意的關鍵，維基百科、百度百科、互動百科及幾個主要古典詩詞網站在相繼增補這闋詞作的資訊上，其更新時間都在網民貼文之後，由此推論，林升這闋〈長相思〉當是現代粉絲「偽托」之作。

【詩人簡介】

林升，字雲友，又字夢屏，南宋溫州人，生平事跡不詳。今傳世詩作一首，記載於《西湖遊覽志餘》第二卷。

15

四時讀書樂

——一瓢翁的心思與責任

元詩新曲連結 15
〈四時讀書樂〉

翁森，一介書生，本是個歷史洪流裡沒沒無聞的路人甲，活動於宋末元初之間，數百年來，人們能記住這個名字，只因為他寫過一組詩，一組關於四季皆宜讀書的詩，詩名為〈四時讀書樂〉。

憑藉著一組詩，〈四時讀書樂〉讓翁森對比千千萬萬個詩人，顯然幸福得許多，這分幸福，具體呈現在後世研究他的時候，不會僅有「生平不詳，俱無可考」八個字，終究，時間在歷史這條道路上，留了點空間給他，讓後人看見了一些他的故事。

面對國破家亡，書生的淡定，反應在一分傲骨與一種責任。他傲骨嶙峋於不願屈就入侵者而毅然隱世的氣節之心，又時時懷抱著續以儒教化育鄉民的重責大任，他奉朱熹白鹿洞學規為惕勵人性的依歸，倡導鄉學，創辦安州書院，春風化雨學子多達八百餘人。

翁森的事蹟，實屬平常，是多數讀書人的日常寫照，都是歷史長河裡的滄海一粟，他能「聞名」於世的際遇，恰似「孤篇橫絕，竟為大家」的大唐詩人張若虛，如果說〈春江花月夜〉充滿著宇宙思索，那麼〈四時讀書樂〉就涵蓋了讀書之雅。凡是切中讀者所需，作品未必要多，重點在「精」，即「質」要大於「量」的意思。

可是，生在古代的人，也不似現代人來得幸運，尤其當個創作者，壓根兒沒受到智慧財產權的保護，所以才會迸發出無數張冠李戴，著作權不清的迷糊公案，探究背後原因不一而足，但始終脫離不了泛政治、泛經濟與泛貪婪等三泛因素。

「泛」是概括性問題，好比有目的性的推廣一件事情，用了非正規的手段，就叫作泛政治，這個政治，實指擴大解釋後的廣義政治，非僅指治理國政的狹義政治。〈四時讀書樂〉這組詩被有心人士拿來推廣的時候，就因作者翁森不夠有名，便移花接木充作南宋理學大師朱熹的作品。

此後諸多學子皆當這組詩為朱熹所作，今人所見明朝江南四才子之一的文徵明抄寫此詩的書帖，就注明為朱熹之作。直到清初康熙丁卯舉人伍涵芬研究時發現誤謬，才在撰寫的《讀書樂趣》中說明原委，一宗偷梁換柱近四百年的案子終告真相大白，〈四時讀書樂〉也得以完璧歸趙於翁森名下。

【詩作新譯】

〈四時讀書樂〉

〈春〉

山光照檻水繞廊，舞雩歸詠春風香。好鳥枝頭亦朋友，落花水面皆文章。

蹉跎莫遣韶光老，人生惟有讀書好。讀書之樂樂何如，綠滿窗前草不除。

〈夏〉

新竹壓簷桑四圍，小齋幽敞明朱曦。晝長吟罷蟬鳴樹，夜深燼落螢入幃。

北窗高臥羲皇侶，只因素稔讀書趣。讀書之樂樂無窮，瑤琴一曲來薰風。

〈秋〉

昨夜庭前葉有聲，籬豆花開蟋蟀鳴。不覺商意滿林薄，蕭然萬籟涵虛清。

近床賴有短檠在，對此讀書功更倍。讀書之樂樂陶陶，起弄明月霜天高。

〈冬〉

木落水盡千崖枯，迥然吾亦見真吾。坐對韋編燈動壁，高歌夜半雪壓廬。

地爐茶鼎烹活火，心清足稱讀書者。讀書之樂何處尋，數點梅花天地心。

春讀章華

山光照檻水繞廊，舞雩歸詠春風香。

遠山上的落日餘暉，成片映射堂前的雕欄；庭園內縈繞回廊的塘水，倒映出豔豔的霞光。一群剛在祭壇邊上沐浴春風的少年，正迎向撲鼻的花香，哼著小曲盡興而歸。

好鳥枝頭亦朋友，落花水面皆文章。樹枝上頭，窩巢裡的鳥群，似久別重逢的朋友般，交頭接耳、嘰嘰喳喳地互換今天的心得。水面朵朵漂浮並排的落花，錯落有致，像極了稿紙上書寫的文字，斐然成章。

蹉跎莫遣韶光老，人生惟有讀書好。這些美好的景緻稍縱即逝，所以，要懂得珍惜時光，萬萬不可讓青春白白地葬送掉。人道是，人生苦短，誰是最好的朋友？相信是書！惟有與書為友，才能天長地久。

讀書之樂樂何如，綠滿窗前草不除。

那麼，讀書得到的樂趣會是什麼樣子呢？縱橫書本，穿梭古今，這分喜悅猶如春天遍生的綠草，覆滿窗臺，卻渾然忘我地不加剪除，這種感覺，足以豐碩人生無限希望。

「舞雩歸詠」出自《論語．先進》「莫春者，春服既成，冠者五六人，童子六七人，浴乎沂，風乎舞雩，詠而歸。」簡譯為「趁春天結束前，穿著當令春裝，約了五六個大人，帶著六七個小孩，到沂河岸邊玩水，再去祭壇上吹吹風，之後沿路唱著歌回家。」「舞雩」為古代祭天求雨的地方，「歸詠」指一路唱著歌回家。

夏吟異采

新竹壓簷桑四圍，小齋幽敞明朱曦。

筆直翠綠的毛竹枝椏，已經覆罩住房簷，屋外四周布滿著桑樹。屋裡有間幽雅、寬敞而潔淨的小書房，時不時會溜進一抹璀璨透紅的驕陽。

晝長吟罷蟬鳴樹，夜深燼落螢入幃。

閒坐書房，盡情徜徉書中的奧妙，領略心靈的海闊憑魚躍，天空任鳥飛。漫漫長日，讀累了，書擱一邊，閉目聽一曲蟬兒傳來的交響嘶鳴。即使燭火燃盡的夜半深更，書味正濃，成群結伴而來的螢火蟲，也不曾掃興地接續點起一盞神交古人的明燈。

北窗高臥羲皇侶，只因素稔讀書趣。

睏了，索性閒躺在依北的軒窗下享受輕拂的涼風，體會伏羲時代那些恬淡寡欲的人民，過著與世無爭、自由自在的日子。能熟悉這番隨遇而安的雅趣，全拜讀書之賜呀。

讀書之樂樂無窮，瑤琴一曲來薰風。

讀書的樂趣是永無止盡的，能掌握書裡的精妙，如同置身夏日柳絲千萬縷的徐徐和風中，手撫著瑤琴，撥彈出一首一首音色撩人的優美旋律。

「北窗高臥羲皇侶」典出陶淵明〈與子儼等疏〉「常言五六月中，北窗下臥，遇涼風暫至，自謂是羲皇上人。」意思是說，每到夏天，陶淵明總喜歡在屋裡北面的窗子下睡午覺，這個觀念是根據氣候常識，北方緯度高，吹來的風比較涼爽的緣故而來。當涼風徐至，自己有如伏羲時代那些太古之人，過著與世無爭且悠閒自得的日子。「素稔」指熟悉。

秋閱翩翩

昨夜庭前葉有聲，籬豆花開蟋蟀鳴。

昨兒夜裡吹襲的晚風，輕搖著見前庭院的枝幹，不時捲起飄零的落葉而其應若響。竹籬笆上成串的紫藤豆花開得燦爛，草叢堆裡不甘寂寞的蟋蟀族群，舞動著羽翅，合奏一支恢弘的夜光曲。

不覺商意滿林薄，蕭然萬籟涵虛清。

草木叢林在不經意間，瀰漫了秋天的涼意。一片寂寥蕭瑟中，各種奇妙的聲音，混合著水氣與天空，將大自然妝點出渾然一體的新氣象。

近床賴有短檠在，對此讀書功更倍。

讀書人好讀書，懂得珍惜時光。就算夜讀，哪怕只能依靠著床頭邊上一盞小小燭臺發出來的微光，都會聚精會神地抓住機會，更加努力的勤奮修習。

讀書之樂樂陶陶，起弄明月霜天高。

讀書的樂趣真的快樂似神仙呀！即使夜深沉，只要讀到喜不自勝處，常會不由自主忘了夜裡的寒涼，仍喜悅地起身走向戶外，在皎潔的月光下，手舞足蹈一番。

「商意」的「商」字原為古代音律「宮商角徵羽」五音中的「商」音，其調似秋天般悲涼，因此，文中的「商意」通作「秋意」解釋。「林薄」指草木叢雜的地方。「涵虛清」中的「涵」是水的意思。「虛」和「清」皆為天空，此乃形容地面水氣與天空混為一體。「短檠」即矮小的燭臺。

冬頌無疆

木落水盡千崖枯，迥然吾亦見真吾。

大樹枝梢，葉片凋零落盡；水聲靜止，河床乾涸已見；千巖萬壑，枯索死寂一片。盎然生氣的遼闊大地，呈現絕然不一的樣貌，人當學習自然，不斷反覆蛻變，「自我」才能看清「真我」的本性。

坐對韋編燈動壁，高歌夜半雪壓廬。

端坐案頭，埋首群書天地，壁上投映火光燭影，影隨空氣波動。深夜雪花紛飛，積雪密覆著屋外各個角落，此刻，放聲朗讀，舒聲灌頂寒意全消。

地爐茶鼎烹活火，心清足稱讀書者。

地上爐具烹煮著香茶，鍋頂裊繞靄靄的白霧，鍋底閃爍著熊熊紅焰，溫爐佳茗，滿室暖意。能伏案神遊，保心清氣爽，這等知足常樂的閒適與灑脫，就是讀書人喜愛的生活家常。

讀書之樂何處尋，數點梅花天地心。

讀書的樂趣要到哪裡去找呢？其實，樂趣何苦尋覓！看看冰天雪地環伺下，不畏風霜依然逆勢綻放的梅花，那是造物者化育萬物時，就賦予的本質，所以，讀書的樂趣，盡在心裡。

「迥然」是差異很大的樣子。「韋編」古時候的竹冊是用皮繩編聯竹簡而成，即書籍、書本。「燈動壁」指牆上投映的燭火影子不停地晃動。「高歌」一般版本皆作「大聲唱歌」解釋，此處作「放聲朗讀」比較恰當。

「心清足稱讀書者」這一句共有三種流通版本，另兩種分別為「一清足稱讀書者」及「四壁圖書中有我」，「心清」與「一清」大意相同。「四壁」句則解釋為：置身滿滿都是書籍的房間中，得以時時與古人心靈同在，這就是人生最大的幸福。

尋找詩心學海無涯

翁森這組四季讀書詩，寫人心之雅、繪景物之雅、掌時間之雅、置地點之雅，通篇運筆落字一切從「雅」。雖然無法確知先後完成的順序與時間，但用句遣辭的心思，已緊緊扣住一個知識分子傳遞讀書責任的情懷。〈春〉、〈夏〉、〈秋〉詩首聯、頷聯（前四句）寫景，頸聯（五、六句）喻人，〈冬〉詩前三聯皆作人景交錯。四首詩意關鍵則全數放在尾聯七、八兩句上。

〈春〉詩為讀者提問樂趣如何？就像春天勃發的生機，任憑碧草長滿窗前，無須芟除。暗喻學問只有在不斷地累積下，才能慢慢悟出妙道，但不要蹉跎了時光。

〈夏〉詩為讀者說明樂趣無窮！好似夏日迎面的薰風，在撥彈琴韻中，享受怡然自得。直接指出學問具有化育功能。懂得放鬆、珍惜當下是靠近幸福的法門。

〈秋〉詩為讀者講述樂趣層次，猶若秋夜讀至欣喜處，忘卻更深露重，起身與月娘共舞。意謂學問沒有階級、地域、時間分別，勤學可臻至渾然忘我的境界。

〈冬〉詩為讀者指出樂趣根源？如同冬令寒梅逆勢開，天地運行自有規律，事無捷徑，勤學在心。昭示學海無涯，要學得知苦、耐得甘苦，成就之道盡在咫尺。

盡信書不如無書

對比古人，現代人學習管道趨向多元，但，科技昌明後的物質誘惑跟著也多，古人讀書精神反倒成為今人的刻板包袱，「春天不是讀書天，夏日炎炎正好眠，等到秋來冬又至，收拾書包待明年。」同樣以四季入題，這等譏諷型的「懶散」打油詩，已如病毒般在學子間廣為流散，影響所及，難以估算。

現代讀書風氣丕變，實非翁森所能意料，更非愛好讀書、傳遞書香的讀書人所願意樂見，然而，時代的變，未嘗不是一種轉機，《孟子・盡心》下篇早已言明，「盡信書不如無書」，學習知識的途徑不會只有一種，只要知識恆常在，現代人自會釐出適應現代人的讀書新法則。

【詩人簡介】

翁森，字秀卿，號一瓢，浙江仙居人，宋末元初詩人與教育家。自幼養成無書不讀習慣，將「經史子集」融會貫通而自成一家。倡議「經邦濟世，沒有文化不行，一個沒有文化的國家，不可能繁榮昌盛，更不可能長治久安。」元世祖期間，在仙居創辦安州書院，以儒學教化鄉里，採朱熹白鹿洞書院學規管理學生。一生讀書、教書及寫作，流傳詩作有〈四時讀書樂〉、〈春暮即事〉、〈夏日書懷〉等，著有《一瓢稿》。

16

乾隆下江南

春夏秋冬最美西湖景

清詩新曲連結 16
〈春夏秋冬遊湖〉

跟著皇帝去旅行

喜好詩文書畫的乾隆皇帝自詡「十全老人」，一生六下江南，後代稗官野史，多把他下江南繪聲繪影成「找樂子」，但他在自己欽定的〈御製南巡記〉裡，歸結了四項南下原因：其一，滿足江浙百姓恭請光臨的渴望；其二，順應滿朝文武引用經史及循聖祖前例的建議；其三，江浙地廣人稠，理當考察人民所苦；其四，為盡孝道，帶著媽媽去旅行。

正因被傳成是「找樂子」，這才冒出那麼多驚險、有趣的軼聞故事供後人樂道。無論如何，乾隆欽定的四項原因，都算實在，前兩項先營造一種萬民勸進的冠冕理由，為南巡之路堂皇鋪路。第三項才是行程的真正目的，是為鞏固政權而不得不為的治國手段，最後一項則為弘揚孝名兼得孝譽，順道暢遊名勝一番。

江、浙兩地面積和人口數，在清代約占全國的百分之二，比重不大，但因優渥地理環境與經濟條件，足以創造出高貢獻度的區域產值。根據文獻記載，江、浙每年賦稅繳納占全國比例極高，商業關稅達國家總體稅額的一半，賦銀數為百分之二十八，賦糧數是百分之三十，鹽課銀兩數更高至百分之六十八。因此，維穩兩省，對政權至關重要。

由於江南經常發生水患，成為影響國家財政收入的隱憂，「南巡之事，莫大於河工」，這就是乾隆每回下江南，將督辦防汛水利工程視為首要任務的緣故。作好河工，輔以觀民察吏（整肅汙吏）、蠲賦恩賞（免除稅賦）、培植士族、加恩士紳和閱兵祭陵便是南巡贏得民心的最大政治要務。

日理萬機也要懂得調適休閒，江南六朝金粉，十里秦淮，杭城湖畔秀色迷人，從乾隆每到一回作詩一遍，六回毫無缺漏的景點觀之，乾隆酷愛西湖，尤鍾情於十景毋庸置疑，也多虧乾隆御駕臨幸，賦詩流傳，西湖十景才能真正名聞遐邇，迄今保有遊客絡繹不絕的盛況。

行家賞西湖十景，深悉無法一次賞足，十景多以時序分辨，春夏秋冬，互別苗頭，沒有排名先後，各具千秋，只有造訪時間對否，乾隆首次到訪時節為一七五一年三月，親臨十景，結合知識典故，在聖祖康熙題字碑石背面，一一寫下詩作，其中四季景點最是精采，依序為〈蘇堤春曉〉、〈曲院風荷〉、〈平湖秋月〉與〈斷橋殘雪〉。

【詩作新譯】

〈蘇堤春曉〉

通守錢塘記大蘇，取之無盡適逢吾。
長堤萬古傳名姓，肯讓夷光擅此湖。

走在蘇堤上就想起了曾在這兒當過通判的蘇東坡，他筆下寫的那分清風明月取之不盡、用之不竭的閒適，恰巧都讓我感受到了，當年他疏浚西湖修築的這座長堤，後人也用他的姓氏來命名紀念。倒是西施啊！西子湖的美名，從此將不再是妳一個人所能獨享。

「通守錢塘記大蘇」語出《東坡全集》〈別天竺觀音詩〉序「余昔通守錢塘，移蒞膠西。」蘇東坡曾在杭州任職通守，乾隆初次來到蘇堤，立即想起了蘇軾。「通守」職位次於太守，亦稱通判。

「取之無盡適逢吾」乾隆意指蘇東坡曾在文章裡描繪過的意境，他已充分感受到了。「取之無盡」指資源豐富，取用不完的意思。出自蘇東坡〈赤壁賦〉「惟江上之清風，與山間之明月，耳得之而為聲，目遇之而成色，取之無禁，用之不竭。」「適逢」恰好遇到。「長堤」即貫穿西湖南北的蘇堤。

「肯讓」這裡作反詰語，是哪裡肯讓的意思。「夷光」就是西施，又稱西子，本名施夷光。因西湖也叫西子湖，所以，文人墨客作品中，常把西施與西湖引作相互譬喻。「肯讓夷光擅此湖」詩意說明西湖雖是西施的西湖，但從蘇軾疏通西湖並建設蘇堤之後，這西湖也成了蘇軾的西湖，自此西湖就不再讓西施專美於前。「擅」指專擅，即獨斷獨行。

〈曲院風荷〉

九里松旁曲院風，荷花開處照波紅。
莫驚筆誤傳新牓，惡旨崇情大禹同。

九里雲松旁的釀酒坊，迎著夏日微風散發出清淡的酒香，湖岸邊上，荷花綻放的模樣好似照波花一般，特別引人注目。不要懷疑拿照波比擬荷花，就像大家驚訝聖祖在榜上題了個大白字，把麴院的「麴」字錯寫成「曲」字，殊不知，聖祖如夏禹一樣不迷戀美酒，但樂於聽到有益國家社稷的聲音，所以，刻意將釀酒的「麴」字改作歌曲的「曲」字。

這首詩題旨是乾隆皇帝為爺爺康熙寫的錯字作辯解。

「九里松」為地名，又名九里雲松，位於西湖洪春橋至靈隱合澗橋段，因步道兩側種植有數百公尺長的松樹而得名。「曲院」原指南宋官辦的釀酒麴坊，因康熙皇帝將「麴」字誤寫為「曲」字，但乾隆爺將錯就錯打了圓場，後人也就順應天子意，改用了「曲院」。

「荷花開處照波紅」並非直譯為「荷花盛開，倒映在水面上紅豔一片。」乾隆跩文時而迂迴、時而直接，「照波」又名仙女花，番杏科照波屬，叢生植物，夏天生、夏天長，喜陽光，植株低矮，錐形葉短，肉質。群生開花時，猶如荷花群非常壯觀。「紅」此處作形容詞，意指受人注目的意思。

「筆誤」因疏忽而寫錯字。「牓」即揭示牌或張貼於公共場所的告示。「惡旨崇情大禹同」典出《孟子．離婁》下篇「禹惡旨酒，而好善言。」意思是說，夏禹不喜歡美酒，卻愛聽有益世道的言論。「惡旨」指不喜歡美味的食物。「崇情」為重視實際的狀況。

〈平湖秋月〉

春水初生綠似油，新蛾瀉影鏡光柔。

待予重命行秋棹，飽弄金波萬頃流。

初春的湖水隨著積雪融解而顯得深邃壯闊，流動中的湖面波光粼粼，閃爍的光影，猶如女兒家新畫的細眉，明淨、光滑而柔媚。這般景色，想必在秋夜裡會更美，待我秋月再訪，定差人備船，盡情地在這遼闊無邊的金色水面上任其漂搖流蕩。

「春水初生」指初春時節，江水因融雪而上漲。「綠似油」形容顏色深暗且興盛。「新蛾」意指婦女新畫的細眉。「瀉」是向下急流的水，此處作流動解釋。「鏡光柔」三個字皆為形容詞，即明淨、光滑與細柔。「命」為差遣。「行秋棹」指在秋天裡行船。「金波萬頃」喻水色金黃，廣闊無際的樣子。

〈斷橋殘雪〉

想像銀塘積素餘，湖光山色又何如。

近從趙北橋邊過，一例風光入翠輿。

還在想像這片清澈明淨的湖水積雪以後，四面的湖光山色將會呈現出一種什麼模樣呢？剛從這座斷橋邊經過，轎子裡的我，向外望去，沒想到遠山近水的美景，已盡收眼底。

「想像銀塘積素餘」乾隆於一七五一年（乾隆十六年）三月抵達杭州，時冰雪已經融解，乾隆見聖祖御題「斷橋殘雪」，因無緣目睹冰封橋面出現斷橋幻象的實景，當下產生聯想。「銀塘」是清澈明淨的池塘。「積素」為積雪的意思。「餘」此處作副詞，作以後解。

「趙北橋」指的就是「斷橋」，橋為南宋（宋代為趙家天下）時期所建，地理位置在西湖的北岸，由於乾隆酷愛舞文弄墨，「趙北橋」當屬別出心裁的譬喻之作。「翠輿」即綠呢官轎，清代位居三品以上官位者，出門得乘坐八人抬的綠呢轎子。

關於題旨

乾隆這四首詩作的題旨，春為「憶趣」，踏上「蘇堤春曉」，憶起蘇東坡，打趣地讓蘇東坡較勁了西施。夏作「辯解」，看見麴院前碑石上聖祖御題「曲院風荷」的錯字，藉夏禹不愛美酒典故，將錯就錯地化解逆勢為順勢。

秋是「遺憾」，「平湖秋月」已說明最佳乘船賞月的時機在中秋，來早了雖欣賞了不同的景色，卻不無缺憾，只能相約下回再續。冬純「抒懷」，轎行「斷橋殘雪」邊，雪化了，斷橋景象不在，轎至橋頭，意外地飽覽了四周優美的風光。

後世文人常用格律或拿前朝名家詩作與乾隆作品相作比較，並嚴格批判乾隆是以天子之尊坐享文名，其詩作多俗不可耐，毫無文學價值可言。這種論述不免過於武斷，而且非常魯莽，頗失文人氣度。事實上，要成就為知名大氣的詩家本不容易，清代留詩數十萬首，膾炙人口的也不多見，尤其，乾隆之後的詩作又如何？愛碎嘴的文友，似乎一樣落入不見得高明的窘境。

【詩人簡介】

愛新覺羅·弘曆，清朝第六位皇帝，年號乾隆，寓意「天道昌隆」，在位六十年，文治武功兼修，禪位後任太上皇，實際掌權達六十三年。在位期間，致力多民族發展，曾六下江南，平定大小和卓之亂。一生好詩文書畫，詩作共有四萬一千八百首之多。乾隆五十七年，自撰《十全武功記》，自詡「十全老人」。廟號清高宗，諡號「法天隆運至誠先覺體元立極敷文奮武欽明孝慈神聖純皇帝」。

輯參

新秋

詞客有靈／應識我

17 小山多嫵媚

溫庭筠和他的花間詞

大男人也陰柔

認真看過電視劇《後宮甄嬛傳》的朋友，很少不被姚貝娜所演唱的插曲〈菩薩蠻〉所吸引，歌曲動聽外，詞境綺情豔麗，帶有濃郁的閨怨氣息，曲是現代人譜的，歌詞則早在一千年前即已寫就，如果你是個唐宋詞的偏好者，那麼，肯定會知道，歌詞是出自唐末詞家「花間派」老祖宗溫庭筠之手。

溫庭筠被後世文史學家公認為第一個致力於「倚聲填詞」的詩人。所謂倚聲填詞，就是拿坊間遍傳的流行曲調，依著節拍韻腳，重新填上可以輕鬆傳唱的歌詞（即曲子詞），由於溫庭筠填就的詞風「溫軟」而「香豔」，猶如

「男子作閨音」而被冠上「花間派」創始鼻祖的稱號。

「花間派」起因於流行歌曲，而「靡靡之音」的雅俗共鳴，正是取得大眾文化領導地位的捷徑。就因為溫庭筠所形塑的文字含有強烈的情欲性和具象式感官風格，逐漸匯集成一股新的文風，自他之後，舉凡作詞人題材涉及女性生活日常，詞帶妝容嬌媚，內容偏屬豔情、離緒、溫婉、閨怨者，多半歸併「花間」行列，這就是「花間詞」的濫觴。

「花間詞」之所以應運而生，某種程度是唐末、五代部分讀書人刻意將女性陰柔離怨的題材直接注入到民間流行歌曲內，再逐步轉化和提升為更具細膩的文學創作形式，這種文體變化兼具著「詩」過度到「詞」的橋樑角色。在整體表現上，藉由華麗詞藻去鋪排意象，在洗練文字下著重音韻的講究；在創作體制上，以五十八字內的小令為主，且不設題目，並依附在詞調名稱底下。

溫庭筠花間「豔」詞寫得出「色」，好似米其林大廚，端出來的菜餚必定

「色香味」俱全，多種口感食客不宜囫圇吞棗，需慢慢地咀嚼才能嘗出真正的鮮美。眾所周知，好廚師是經過淬鍊的，溫庭筠擅寫「閨情」同樣其來有自，他除了有顆溫潤細緻的文筆之心外，幾乎與他生性風流，喜好尋花問柳，經常流連歌樓妓館的人生經驗有關。

閱覽五代後蜀暢銷書《花間集》，總編輯趙崇祚共蒐錄溫庭筠作品計六十六首，從書本編排順序上，開篇置頂的就是溫庭筠依詞調〈菩薩蠻〉所填寫的十四闋詞作，其中最為世人熟知的首闋〈其一〉「小山重疊金明滅」，即為《後宮甄嬛傳》所選用的插曲版本。

【詞作新譯】

〈菩薩蠻〉其一

小山重疊金明滅，鬢雲欲度香腮雪。

懶起畫蛾眉，弄妝梳洗遲。

照花前後鏡，花面交相映。
新貼繡羅襦，雙雙金鷓鴣。

就字面看來，詞意講述一個物質不缺的女人慵懶地起床後，做著梳妝打扮的例行瑣務，動作之下微微地帶著點欲言又止的「揪心戲」，但是不是揪心，字面沒有交代，只能任由讀者自行意會。

值得注意的是，這闋詞在「詞史」上定位為「香豔詞」的巔峰代表，仔細探究溫庭筠落筆一個動作銜接一個動作是帶著劇情的，畫面、氣味、聲音極其豐富，遣詞用句看似四平八穩，幾個相對華麗的詞藻，也多是古代常用的生活化語詞，多數讀者憑一句「鬢雲欲度香腮雪」來滿足「香豔」的感受，但似乎又嫌單薄了些，事實上，這句不過是「小山重疊金明滅」的延續性動作。

小山重疊金明滅，鬢雲欲度香腮雪。

日光穿透紙窗驅走了一室灰暗，經過一夜的纏綿，在光源襯托下，她的雙峰色澤明暗有致，她一個翻身，一頭黑潤如雲的秀髮鬆鬆散散地滑過細嫩的肌膚，髮絲飄飄然似掩非掩般覆蓋了白皙的粉頰，此刻，床笫上的她愈發顯得丰姿嫵媚。

懶起畫蛾眉，弄妝梳洗遲。

她醒了，雖慵懶捨不得起身，卻有感室內光度似已日上三竿，不得不嬌弱地下得床來，款款挪步一旁慢慢梳洗，她坐在妝奩前，拿起黛墨蘸水輕描細眉，然後勻粉點上胭脂，再眉貼花鈿，最後慢條斯理地梳裹秀髮，並插上金步搖（髮飾）。

照花前後鏡，花面交相映。

從鏡匣中取出一柄小鏡子，她對著妝奩前的銅鏡不停地前後左右對照著，認真端詳著剛剛插戴好的頭簪與髮飾，檢查是否完美點綴在平衡的位置上，她的容顏與貼在眉間的花鈿，以及頭上的簪花飾物，在前後兩鏡的交相反射中輝映著奪目的彩光。

新貼繡羅襦，雙雙金鷓鴣。

剛下床時，隨手套在身上的那件貼身又華麗的絲質短襖，襖面上是用金色絲線所精繡出來的一對對鷓鴣鳥，而她身穿鷓鴣圖騰的含義，無非期望所愛的人不要就此遠離。

「新貼繡羅襦」一句，新、貼、繡三個字在此各有單獨的字義，依序作為副詞、名詞和形容詞使用，「新」代表不久前、剛才的意思，「貼」是指穿著貼身的衣衫，「繡」則純粹作為華麗精美解釋。

只可意會不適言傳

回到這闋詞長久以來釋義的難圓之處，拜時代開放之賜，得以正本清源，原來「小山」指的是女人的乳房。當女人平躺時所隆起的雙峰，在不同視角下會衍伸出不同的「重疊」影像，而「金」亮般雙巒疊映的橙黃膚色，就在光源烘襯中，順著向光與背光的原理而反應視覺上「明滅」的自然差異。

「小山重疊」雖不似「鬢雲」、「香腮」直描女人身體來得具體，但尾隨形容膚色的橙黃「金」與嫩白「雪」浮現，上下兩句連成一動一靜、一黃一白的精妙組合，這也才還原溫庭筠這闋「花間豔詞」的用心之處。

或許過去礙於限制級因素，後世詮釋觀點皆避重就輕，以致造就了「小山重疊金明滅」的「遠山」、「屏風」、「畫簾」、「香枕」、「眉毛」、「髮飾」等幾種難以飽和豔詞畫面的說法，總之，高手寫情欲不需赤裸裸，一切點到為止，若再基於純樸民風迂迴下筆，這種「只能意會不能言傳」的本事，就得仰賴作者與讀者心照不宣的默契了。

【詞人簡介】

溫庭筠，本名岐，字飛卿，晚唐太原祁人。文思豔麗，精通音律，工於小賦，喜押官韻作賦，每每八叉手而八韻成，時號「溫八叉」。又其貌不揚，有「溫鍾馗」之稱。個性恃才不羈，經常出語諷刺權貴，故屢舉進士不第而放浪形骸，終日沉迷聲色狎妓豪飲，其詩辭藻豔麗，多寫閨情，是第一個專力「倚聲填詞」的詩人；其詞著重文采和聲情，被譽為「花間詞派」鼻祖。詩與李商隱齊名，並稱「溫李」；詞與韋莊齊名，並稱「溫韋」。現存詞七十餘首，六十六首蒐錄於《花間集》外，後人輯有《溫飛卿集》與《金奩集》。

18

紅杏變尚書

宋祁詩解清明上河圖

宋詞新曲連結 18
〈玉樓春〉

楔子

踏出內城麗景門，沿著汴河左岸向外城東水門走去，夾岸兩旁晨市景況，在清明連假顯得喧囂異常，尤其擔酒攜食，結伴踏青的京城人流更見絡繹不絕。眼前一襲素衣滿頭蒼髮的老人，剛結束修撰《新唐書》工作，表情一派悠閒。他自數十年前，於城外繁臺街上巧遇皇家車隊而意外獲得欽賜宮女一樁姻緣開始，便常趁著繁臺桃杏爭春、隋堤綠煙紅霧時節，邀三五知己，東郊賞花觀春色，飲酒賦詩詞。

這回，老人隻身徐行，少了過去門文說笑共同及時行樂的友人身影，神色自若裡多了些持重，畢竟已過花甲之齡。他沿途欣賞市井百態人生，腦中海馬體卻不時地浮現來時路。宋仁宗天聖二年，與兄長同榜進士，兩人狀元等級的伯仲文采，贏得「二宋」雅稱，時人方便區辨兄弟，便管哥哥宋庠為「大宋」，老人宋祁叫「小宋」。

老人生性多情灑脫，不似哥哥耿直嚴肅且剛正清廉，得以平步青雲官至宰相級同平章事，幸好妻妾成群填補了自己宦海浮沉的不枉此生。老人官場三起三落，京城三進三出，早悟透無常人生而懂得抓緊時刻，時時活出稱心快意。

河水溶溶漾漾，順著爬起的朝陽粼粼閃爍，早春微涼的風輕吻著飛舞的楊絮，錯落有致的杏樹枝頭紅花開得燦爛奪目。此時，河心搭載遊客的畫船漸漸與老人成平行一線，只見幾隻麻雀嘰喳跳躍杏花叢間，再望向老人，他的背影已湮沒在往東水門外的人群當中。

【詞作新譯】

〈玉樓春・春景〉

東城漸覺風光好。縠皺波紋迎客棹。

綠楊煙外曉寒輕，紅杏枝頭春意鬧。

浮生長恨歡娛少。肯愛千金輕一笑。

為君持酒勸斜陽，且向花間留晚照。

宋祁這闋詞，堪稱文字版的〈清明上河圖〉，五十六個字人事時地物一應俱全，既紀實京畿明媚風光、繁華熱鬧的清明氣象，亦把畫作難以呈現的作者當下感觸具體記錄下來。上闋寫景，下闋抒懷，詞分四聯倒序鋪排，逐步勾勒別具匠心之處。「人」是「為君持酒勸斜陽，且向花間留晚照」的作者；「事」嘆「浮生長恨歡娛少，肯愛千金輕一笑」；「時」在「綠楊煙外曉寒輕，紅杏枝頭春意鬧」的清明早上；「地」處「東城漸覺風光好，縠皺波紋迎客棹」

的東京汴河精華區段；「物」則囊括四聯裡的人物與景物。

上闋：捕捉春天的氣息

東城漸覺風光好。縠皺波紋迎客棹。

綠楊煙外曉寒輕，紅杏枝頭春意鬧。

清明假期，出東城踏青賞景的人潮逐漸多了起來，那細如縐紗般的汴河水，朝向泊船擠壓後暈開的紋理，隨遊人紛至沓來的登船節奏而盪漾不已。岸旁楊樹綿綿灑下漫天白絮，在這薄霧散退的微涼晨曦中，絮隨風起，似煙飛舞。此刻，陣陣馨香自杏樹處飄溢而來，一片紅灼灼杏花叢如火舌舔舐在枝頭上，一簇簇如紗似夢，一枝枝嬌豔欲滴，好一幅別苗頭的爭春景象。

能將流動水面碰觸物體而產生微浪擠壓現象後所形成的反彈紋理，寫就「縠皺波紋迎客棹」，由衷讚佩宋祁詞作別出心裁之巧。而第四句「紅杏枝頭春意鬧」，因「鬧」字下得鮮活生動，除為時人樂道外，後世更稱許具畫龍點睛之妙。「縠」原指質地疏細帶有褶紋的紗。「皺」是種擠弄壓縮的動作。「迎」為朝、向的意思。「客棹」係遊船。

上闋有必要釐清詞作翻譯上經常被忽略的一個誤謬，詞中所指的「綠楊」是楊樹而非楊柳，否則依作者造詣，寫綠柳可能比綠楊更愜意，最方便的驗證，上網搜尋比對一下北宋畫家張擇端的〈清明上河圖〉，即知詞人是「寫實」楊？或「寫意」柳？「綠楊煙外」則是自然界中一種具體意象，吻合楊樹新綠時所飄散的白毛花絮，像煙幕般白茫茫一片。「春意鬧」形容濃盛的春天氣息。

下闋：不枉人間走一遭

浮生長恨歡娛少。肯愛千金輕一笑。

為君持酒勸斜陽，且向花間留晚照。

看著眼前美好，心底可曾想過人生如夢呢？一直遺憾歡快時間短暫，那是因為過分追逐財富而不在意甘於平實喜樂的結果。既然生而為人，就算已屆遲暮之年也當珍惜，趁還能手持酒盞就該鼓勵自己認真把握。只要活出晚景精彩，便不負來這人間走一遭。

下闋詞風大轉，從看得見的繁華景象，收至內心呢喃對話，明白點出人生總愛抱怨的根源。錢財不是萬能的身外之物，窮其一生，費盡心機追求未必可得，即便到手，接踵而來的福禍又豈如人意？奈何，人生得透多已晚年之身。走過鉛華的宋祁同時勉勵自己亡羊補牢，知道唯有珍惜當下，才不會辜負眼前的一切歡喜祥和。

「長恨」意指一直抱著遺憾。「少」比喻時間短暫。「肯」即那是，表示反問語氣。「千金」係很多錢，這裡喻意沉溺於金錢遊戲。「輕一笑」為根本不屑樸實無華的喜悅，「輕」作副詞，不在乎的意思。「為君」即為人。「持酒」為端起酒杯。「勸」此處不作善言開導而作鼓勵、勉勵解釋。「斜陽」指一個人的晚年。「花間」比喻人世間。「晚照」是夕陽餘暉，暗指人生所剩殘餘價值。

關鍵線索

地

開封相傳的「汴梁八景」，因應時空環境不同，景點曾作改變，但終不脫離大範疇的古開封境域之內，其中半數在城內，餘半數皆在東城外。東城意指廣義的城外景區與內城偏東南景麗門至外城新宋門及東水門三角帶中的汴河繁華地段。因此，宋祁詞作位置設定「東城」，並非意境上「春自東來，城東先暖」的虛指，而是景區實指。

北宋時期的東京開封府，流向東城河流有兩條，一條北面專事官務漕運的廣濟河，另一條是現今深埋地底下，靠近南邊掌控民間經濟命脈的汴河。詞中「迎客棹」地點就是張擇端名畫〈清明上河圖〉所繪製的這條汴河。

時

杏花綻放季節在初春，依地理氣候位置，花開略有先後，大約在農曆二至三月間。而綠楊飄絮則是此時節裡的另一道如畫景緻，當楊絮飄盡，便是綠意盎然的人間四月天。詞作「綠楊煙外」、「紅杏枝頭」雙美，推敲時間應在「寒食」、「清明」左右。又時序初春，天氣本微冷，兩句間再加上「曉寒輕」，「曉」指清晨，初春清晨用「寒輕」，足見宋祁用字講究。

事

「浮生」即人生，典出《莊子．刻意》「其生若浮」，意指人生在世猶如在水面飄浮。飄浮人生毫無踏實感可言，但人生多半都在不確定中游移，所以能歡樂的日子相對就少，好比曹操寫〈短歌行〉，為何起筆就要對酒當歌，那是藉以消解去日苦多。宋祁感嘆浮生若夢，愁苦歲月多於喜樂時刻，因五斗米放棄歡笑機會，豈知錢賺再多，真能換得內心喜悅嗎？

人

「斜陽」隱喻光陰飛逝，人生在世僅有短暫幾十寒暑，更別說一擦身便稍縱即逝的人、事、物，相信宋祁是熟悉唐樂府七言絕句〈金縷衣〉的，早早就不辜負「花開堪折直須折」的青春歲月，也才會在繁華盡處語重心長地為世人留下「為君持酒勸斜陽，且向花間留晚照」的醒世箴句。

詞末彩蛋

宋祁詞作一出，文壇對「鬧」字趣論紛紛，當時刑部都官郎中張先索性幽默直呼宋祁為「紅杏枝頭春意鬧尚書」，這麼一呼，宋祁「紅杏尚書」綽號便由此而來。又，宋祁官拜工部尚書職，據《宋史》記載是在修撰《新唐書》之後，這一年為嘉佑五年。依張先會宋祁稱「尚書」推論，詞作完成時間應為宋祁晚年。

【詞人簡介】

宋祁，字子京，小字選郎。北宋開封府雍丘人，祖籍安州安陸。天聖二年進士，與兄宋庠齊名，時稱二宋。文章見識切實，常直言讜論，如論財政「三冗三費」為改革時政重要意見。為官簡明幹練卻喜奢侈且好蓄婢妾聲妓，一生官場三起三落，歷任龍圖閣學士、史館修撰、知制誥、左丞、工部尚書、翰林學士承旨。卒謚景文。與歐陽修等合撰《新唐書》，但大部分皆為其所作。詩詞精緻華麗，因〈玉樓春〉而得「紅杏尚書」稱號。著有文集一百五十卷，後盡散佚，清四庫館臣自《永樂大典》整理遺文編成《景文集》，近人輯為《宋景文公集》。

19

蘇軾交響詩　琅琅風雨晴神籟自韻

起手式

蘇軾擁有滿腹經世濟民的儒門理想，兼備佛、道兩家恬淡灑脫的達觀豪放，是晚唐、五代以來，打破文人偏好「豔詞」書寫的領頭羊，落筆多彩，舉凡人生感慨抑或吟詠萬物自然，常有令人耳目一新、雅俗奇趣之佳作，在幽默處又不失理趣。此外，因懂得繪畫和音律，便不乏將「色彩」及「聲音」即興融入創作，於是一首首詩，一闋闋詞，都化作世間絕倫的文學聖品。

觀點導論

著名的〈定風波．三月七日〉即為「看見聲音」的遊戲之作。後世人似乎都能憐惜蘇軾抱負不得伸張的委屈，多把作品焦點擱在心境上的詮釋，卻遺忘了蘇軾最高明的幽默伏筆。詞作序言「雨具先去，同行皆狼狽，余獨不覺。」既然拿著雨具的僕人都走光了，同行人也被淋成一副落湯雞模樣，為何獨獨蘇軾不覺狼狽呢？上闋末句蘇軾已一派輕鬆地公布了答案，因為只有他穿戴雨具，所以放浪嗆聲「一蓑煙雨」任平生。

該闋詞作意境劃一，上下半闋各設入四層聲音，猶如對聯般句句對稱呼應，層次上由外而內再由內而外，聲聲連貫，是依託大自然無常來紓解身心鬱悶的一次瀟灑性對話。上半闋從雨「打葉聲」破題，伴隨天籟放聲「吟嘯」歌曲，手握竹杖支應著腳下草鞋，一前一後規律地發出相較於馬蹄「輕」盈的節奏聲響，再一起混入「煙雨」聲中。下半闋起自雨歇風「吹」，迎接山頭斜照的「卻」字是未曾停下的邊走邊唱，當耳邊颳過一陣風掠千樹的「蕭瑟」

聲後，內心的「風雨」早已悄然無聲。

【詞作新譯】

〈定風波．三月七日〉

三月七日，沙湖道中遇雨。雨具先去，同行皆狼狽，余獨不覺。已而遂晴，故作此。

莫聽穿林打葉聲，何妨吟嘯且徐行。
竹杖芒鞋輕勝馬，誰怕？一蓑煙雨任平生。
料峭春風吹酒醒，微冷，山頭斜照卻相迎。
回首向來蕭瑟處，歸去，也無風雨也無晴。

元豐五年三月七日，我約了幾位好友到螺螄店踏青，順道看一塊很想購置的田地，回程途中，突如其來地下起一場大雨，才吩咐攜帶雨具的隨從先行張羅其他事務，當真是天有不測風雲啊！見朋友個個提袖遮頭倉皇奔竄，被這場雨折騰得慌亂不堪，唯獨我心穩如泰山。不多一會兒工夫，雨過天青，靈感萌生便填了這闋詞。

「三月七日」宋神宗元豐五年（公元一〇八二年）三月七日，時為蘇軾貶謫黃州的第三年。「沙湖」地名，據蘇軾遊記〈遊沙湖〉記載，又名螺螄店，在黃州東南三十里。「道中」意指在路上、途中的意思。「雨具先去」此處指攜帶雨具的隨從先行離開。「狼狽」比喻情勢困頓，身陷進退兩難的窘迫。「余獨不覺」只有我不這麼覺得。「余」即第一人稱我。「已而」指過了不久、然後。

莫聽穿林打葉聲，何妨吟嘯且徐行。竹杖芒鞋輕勝馬，誰怕？一蓑煙雨任平生。

何必在意林子裡忽然響起大雨拍打枝葉的狂亂節奏，這只是一場沒什麼大不了的雨勢而已，索性跟著大自然節拍慢慢地邊走、邊吟、邊唱。靜靜傾聽手中竹杖與腳下草鞋輕盈觸地揚起的規律音符，欣賞這種平緩有序的律動聲響遠比那些馳馬重蹄而過的急促聲更有心靈療癒作用。若你還是在意？就該學學我自備雨具便能徜徉雨中來去自如。

「莫聽」原意為不聽，有不予理會之意。「穿林」形容雨水無孔不入直穿茂密森林。「打葉聲」係雨水撞擊樹葉發出的響聲。「何妨」沒有關係、沒什麼大不了。「吟嘯」為盡情放聲吟詩歌唱。「徐行」指放緩腳步慢慢行走。「芒鞋」即草鞋。「輕」是這一句承先啟後的關鍵字，兼具副詞與狀聲代名詞功能，指很輕微的聲音。「蓑」名詞，用草或棕櫚葉編製成的雨具。

料峭春風吹酒醒，微冷。山頭斜照卻相迎。回首向來蕭瑟處，歸去，也無風雨也無晴。

入春的微風本就帶著幾許寒意，雨後益發陰涼透骨，颼颼的冷風頓時消除掉一身醉意。遠方山頭逐漸飄散的烏雲背後，已偷偷露出一抹斜陽，柔和的餘暉呼應著尚未止歇的詩詠歌唱。再回頭望一眼剛才漫步雨中旋律的林中路，這會兒只留下風兒輕拂樹梢的木葉迴響，想想，無論現實環境景象或者人生種種遭遇，都過去了。面向長日將盡的回家路，將不再有一絲風雨陰晴的激昂。

「料峭」形容帶有寒意的風。「斜照」指黃昏時分西斜的陽光。「卻」係正、恰好的意思，此處代表人和人所發出的吟嘯聲，與上半闋的「輕」字異曲同工，同樣為副詞兼具狀聲代名詞。「向來」即剛才。「蕭瑟」明指草木被風吹襲的聲音，暗喻人心的寂寞淒涼。「歸去」銜接「斜照」，指踏著夕陽回家。「也無風雨也無晴」意謂回歸自然、平靜與和諧。

文如赤子蘇軾也

遍尋蘇軾〈定風波・三月七日〉坊間詳解，多由字面活動揣度作者內心可能的微言要義，從回望風雨之境，進入寵辱不驚、醒醉無礙，最後甘於平淡。下半闋尾聲「歸去，也無風雨也無晴。」代表一種豁然胸襟，寄情脫俗的人生理想。是一分無憂無喜，輸贏兩忘的人生態度；也是一番回歸自然，天人合一的徹底領悟，已臻至莊子「至人無己，神人無功，聖人無名」的至高境界。全「詞」著重心中所想而非眼前景物，淺白地說，就是歷經無數坎坷之後，得失不再重要。

然而，蘇軾作品的精妙之處，豈止侷限於文字風格上看得見和看不見的婉約、豪放以及曠達，更多的精華在於游刃有餘下所黏著的作家風趣本性，看看「人瘦尚可肥，士俗不可醫」這等「蘇氏」高級幽默，一再表露作家毫不掩飾的率真。所謂「文如其人」，不正恰好吻合孟子口中的「赤子之心」。若把蘇軾作品視為商品，那麼，套用現代「文創」語彙，其作品十足具備「一源多用」的新創價值。

【詞人簡介】

蘇軾，字子瞻，一字和仲，號鐵冠道人、東坡居士，北宋眉州眉山人，嘉祐二年進士及第，累官翰林院侍讀學士、禮部尚書。曾因「烏臺詩案」遭貶黃州，晚年又遇新黨把政被貶，徽宗時獲赦，北還途中病逝常州。南宋高宗謚號文忠，追贈太師。其一生精於書畫，尤擅詩、詞、賦與散文。書法列北宋四大名家之首，繪畫創建湖州畫派，詩作風格獨具，與黃庭堅、陸游並稱「蘇黃」與「蘇陸」，詞作「以詩入詞」首開豪放先河，與辛棄疾並稱「蘇辛」，散文成果豐碩，與歐陽修並稱「歐蘇」，為「唐宋八大家」之一。作品經宋人王宗稷整編為《蘇文忠公全集》。

20 不與群花比 聰明自薦奇葩李清照

情竇初開

十七歲易安的寂寞，猶如少年維特的煩惱，揮之不去也心靜不下。女孩側坐在鞦韆上，望著梅樹遍結的梅子發呆，距離她寫下譽滿京華的〈如夢令〉轉眼已近一年，但又如何？芳心不也依然寂寞？

大門處傳來片刻喧譁，只聽得客套的交談聲朝院落而來，女孩回神掩蔽不及，迅疾躍至梅樹下，散著髮光著腳丫，佯裝細數枝頭青梅的嗅香丫頭，見一位翩翩儒雅的青年尾隨著家丁從面前走過，兩人眼神相視，青年嘴角揚起一抹微笑，女孩泛紅著臉頰瞧著青年背影直入了大廳。此生，只是初見。

某日，女孩堂兄與青年結伴逛遊汴梁相國寺後街的書畫市場，巧遇女孩，在堂兄熱情引介下，女孩得知眼前二度相逢的青年就是御史中丞趙挺之之子趙明誠，而青年也才知曉這位曼妙女孩，原來就是自己讚賞不已的才女李清照。兩人再次見面，又在堂兄李迥的穿針引線中，彼此頓生愛慕之意。

情竇初開的李清照，將兩人初遇時，自己那分慌亂尷尬的心境，唯妙唯肖地寫入了〈點絳唇·蹴罷鞦韆〉，每每想起就有幾分地羞怯。轉眼春去又將春回，在新梅綻放花期的尾聲降了場瑞雪，十八歲的李清照定神注視著窗外，見白雪皚皚，梅樹白玉般的枝椏，枝上點點寒梅傲雪吐豔得挺秀壯美。少女情懷難免見景情生，身旁卻少了互傾衷腸的「他」，辜負了滿腹文章。且以梅「自喻心跡」，婉轉生動地填了闋〈漁家傲〉。

正是心有靈犀，當趙明誠讀到這闋詞，內心澎湃、雀躍至極，這等才女可是提著燈籠也難尋，隨即委婉地面報父親，說明心意，趙挺之聽完之後，即托媒向李家提親。

【詞作新譯】

〈漁家傲〉

雪裏已知春信至，寒梅點綴瓊枝膩。
香臉半開嬌旖旎，當庭際，玉人浴出新妝洗。
造化可能偏有意，故教明月玲瓏地。
共賞金尊沈綠蟻，莫辭醉，此花不與群花比。

上闋・玉人浴出新妝洗

雪裏已知春信至，寒梅點綴瓊枝膩。香臉半開嬌旖旎，當庭際、玉人浴出新妝洗。

這場瑞雪捎來了春天信息，又是一年新歲的開始，放眼萬籟俱寂的銀白大地，還有什麼堪比枝頭那朵姣潔的新梅，能把世界妝點得如此豐潤美麗。這朵初綻的梅花含苞半開，恰似柔媚帶羞半遮著顏面的美女，分外迷人，將她帶（摘）得廳堂來，即使卸除了剛修飾好的容妝（浸染的雪末），也滌蕩不掉她那與生俱來的聰慧質地和神采。

梅花因生長區域不同而有開花先後的差異，自嚴冬十二月到次年春天三、四月皆作花期，所以梅花盛開的季節，時序上就是冬末春初。第一句與第二句在順序上並非倒裝，而是創作技巧上的懸念伏筆，作者能在酷寒的冬雪裡，立馬點出春臨的訊息，原因就在梅花報春。

「點綴瓊枝膩」係指花苞綻開時，撥散了覆蓋在花體上的積雪，而花朵在點點殘雪映襯下倍顯豐潤嬌貴。「瓊」本是一種美玉，此處擬作披雪。「嬌旖旎」形容柔媚含羞的美女。這裡「嬌」字作美女解釋。「旖旎」為輕盈柔順的意思。「當庭際」即在庭院中，或者在廳堂之內。

「玉人浴出新妝洗」是一句出色的語法倒裝結構，實為「洗新妝、浴玉人」之意，以此襯托梅花天生樸質的俊秀神韻，同時意謂著作者不靠粉妝打扮一樣氣質出眾。「玉人」不作美人解，是指質地聰慧，神采俊秀之人。「浴」是浸染、洗滌。「出」作副詞，承接「浴」字動作的趨向。「新妝洗」指花開剎那撥散掉剛剛覆蓋下來的雪片。

下闋．此花不與群花比

造化可能偏有意，故教明月玲瓏地。共賞金尊沈綠蟻，莫辭醉，此花不與群花比。

或許是化育萬物的大自然刻意栽培的吧！才讓這朵如明珠般晶瑩靈透的梅花閃耀在大地之上。當彼此表象看似專注著花，手裡把玩著酒杯，心底卻都迷戀在杯子裡新釀的美酒，這是何苦來哉？倒不如爽快地暢飲，來個一醉方休！要知道眼前這朵梅花，不是平平泛泛的花兒所能等值媲美的，真要錯過了花開堪折的時機，終將遺憾。

「造化可能偏有意」的潛臺詞是「命中注定」，而「故教明月玲瓏地」的「明月」指的是「明珠」，這兩句主要在暗喻上蒼讓作者這顆剔透的明珠遇上了意中人，應該是命中注定的結果。接著「共賞金尊沈綠蟻」則直接挑明了「醉翁之意」。「賞」字有「欣賞」和「把玩」兩層含義，「共賞金尊」即一起賞著花且把玩著酒杯。「沈」同沉，為迷戀的意思。「綠蟻」指新出的酒，新釀的酒尚未濾清時，酒面會浮起微綠的酒渣，其泡沫細如螞蟻。

年齡剛滿十八歲的李清照，心底仍保有含羞帶怯的赤子之情，相較於亭亭玉立的外表，她更自負於文采，哪怕在眾人面前，自己散發出來的氣韻，根本無需任何妝飾就能顯出不凡的優質。她自比一顆閃亮的明珠，但在冥冥中遇見了趙明誠，她願與他攜手共賞、共醉，不過，仍自傲地擺個姿態，她這顆明珠可不是普通的明珠。

在古典詩歌中，發現最早的「詠梅」詩，記載於《太平御覽》第九百七十卷內的〈荊州記〉，敘述北魏陸凱折梅贈詩給《後漢書》作者范曄的一段故事，此後文人詠梅訴情，以梅寄託對故人思念的詩歌源源不絕。李清照這闋詞作，雖不出多數詠梅作品的範疇，同樣作移情於物，寫梅實寫人；

依託著景物寄意，賞梅也自賞，唯一妙處，多了點「自薦」的成分，本文詮釋之所以異於坊間諸多流通版本，關鍵即在切入的觀點。

【詞人簡介】

李清照，號易安居士，宋代齊州章丘人，為中國文學史上著名女詞人，亦有「千古第一才女」之雅譽。出生書香門第，年少即工詩善詞，十八歲出嫁，婚後潛心文學藝術與金石研究。北宋覆亡前，生活優渥，靖康難流落江南，接連遭逢夫歿；蒐藏書畫被竊；金石古卷散佚。受創未久再嫁，卻於數月後離異，生計遂陷困頓，晚景淒涼。一生歷經國破家亡，創作風格丕變，由天真明快轉為沉鬱悲愴。但對詩詞分界嚴謹，提出「詞，別是一家」之說，主張作詞須尚文雅；協音律，鋪敘、典重與故實，將婉約詞派推進高峰，開創了「易安體」風格。其著作據《宋史·藝文志》載，計有《易安居士文集》七卷、《易安詞》八卷，惜俱散失。現存《漱玉詞》輯本約四十五首及存疑十餘首。

21

武穆心底事　王土之下但是又何奈

宋詞新曲連結 21
〈滿江紅〉

莫須有徵兆

那一年，昭襄王出爾反爾，在秦殿上並沒有拿出城池交換和氏璧的誠意，趙國使節藺相如持璧孤立殿堂，倚柱盛怒，激動得髮豎直衝帽冠，當下作好與玉石俱焚的準備。翻讀太史公《史記》中描述藺相如出使秦國的情境，正斜倚欄杆俯視出神的岳飛，也鬱鬱起自己的孤掌難鳴，直到簷外強風驟雨初停，方回神過來。

他微微仰起頭，眼簾映入遠方的山川物色，隨即又凝向天空，半晌，終究壓抑不住內心憤恨情緒而長聲吟嘯起來，此時、此景，深信已無人能排遣他心底那股激昂赤誠的復國壯志。

憶念三十而立之年，因彪炳戰功獲天子青睞，得以第二次朝見，高宗皇帝親書「精忠岳飛」四字賜贈，並令織匠繡成戰旗，命其用兵行師時作為大纛。人生功名追求，自此光寵顯赫，這些用命換來的榮耀，沙場上須血染多少的塵土。半生戎馬、披星戴月，南北征戰數千里，勤苦奔波為的，豈是膚淺地做個大官？是為了不辱母親在背上所刺予「盡忠報國」的期望。

從年少師從武術名家周同先生，習得左右開弓之法開始，精讀兵書，熟稔覆巢之下無完卵的道理，待熬到十九歲，等不及弱冠便毅然投效軍旅奉獻國家，立志要趁體魄強健時陣前殺敵，而非輕易虛擲氣盛的青春，徒增老年回首的悲嘆與遺憾。

如今，國家處在領土遭竊，徽、欽二帝慘受敵人擄掠恥辱未能洗刷的當口，眼見戰勢大好，勝券在握，朝廷內部卻因戰、和兩派論點，使得戰局無法推進，忝為臣子，只能坐視著國仇家恨而不得消解，難道國家的奇恥大辱將不見天日地延續下去嗎？

他恨不得立馬領著岳家軍直搗黃龍，一舉殲滅金人的巢穴。在豪邁壯舉下，餓食金人肉；在談笑用兵間，渴飲金人血。唯有匡復失地，還原國家領土完整之日，才得以了無缺憾的心班師回朝。

【詞作新譯】

〈滿江紅〉

怒髮衝冠，憑欄處，瀟瀟雨歇。
抬望眼，仰天長嘯，壯懷激烈。
三十功名塵與土，八千里路雲和月。
莫等閒，白了少年頭，空悲切。
靖康恥，猶未雪；臣子恨，何時滅。
駕長車，踏破賀蘭山缺。

壯志饑餐胡虜肉，笑談渴飲匈奴血。

待從頭，收拾舊山河，朝天闕。

釋義

起始句以「怒髮衝冠」破題，該句典出司馬遷《史記．廉頗藺相如列傳》：「相如因持璧卻立，倚柱，怒髮上衝冠。」原典記載戰國時期趙國大臣藺相如奉君命依秦王要求帶著國寶和氏璧到秦國換取十五座城池，秦王實際只是假借交換為餌並無履行承諾之心，詞人藉句忿懣朝廷對光復大業主張的舉棋不定，放任議和派不斷干擾北伐之路而發出不平之怒。起句正是整闋詞作的關鍵詞眼所在。

因此，詞人怒髮衝冠，怒的不只是遭受敵人侵占國土、俘虜國君的恥辱，更多是來自苟且自度，稱臣納貢的自家心態。然而，詞人怒髮衝冠之後，不似藺相如得以完璧歸趙，換來的只有紙上悲壯的無奈。詞作上半闋主要描寫詞人一路走來，始終不曾改變嘔心報國的赤膽忠誠，是為詞人的剖心回顧。下半闋作莫忘國仇家恨，期盼終能圓滿抱負的渴望。全詞慷慨激昂中已然暗伏著壯志未酬的悲劇走向。

「滿江紅」為詞牌名，又名〈念良遊〉、〈傷春曲〉，唐人小說《冥音錄》則載曲名作〈上江虹〉，後改名〈滿江紅〉。至宋代始填入詞調。格調沉鬱雄渾，適用於抒發懷抱。

「怒髮衝冠」係指人在盛怒時，頭髮豎起而直衝帽冠。「瀟瀟」形容風狂雨驟的樣子。出自《詩經．鄭風．風雨》風雨瀟瀟，雞鳴膠膠。「三十功名塵與土」坊間版本多謂三十年的功名有如塵土，藉此暗喻報國壯志未能實現。就岳飛事蹟而言，「三十功名」宜作明指，實際是指岳飛三十歲那年，因戰功獲得皇帝賜予的權勢與殊榮。「塵與土」指的是戰爭過程中，沙場上揚起的塵土。整句意思乃指，這無上的功名，是以鮮血沾滿沙場塵土而搏命來的。

「八千里路雲和月」指披星戴月，轉戰南北，踏過的征途足有八千里之長。「靖康恥」是指宋欽宗靖康元年（西元一一二六年）金軍攻陷汴京，次年二月丙寅日（三月二十日）擄走徽宗趙佶、欽宗趙桓二帝及皇室成員北去，至此，北宋滅亡。「靖康」為宋欽宗趙桓的年號。「長車」古代適於行越山野的兵車。

「賀蘭山缺」賀蘭山在現今的寧夏省，宋朝時為西夏大白高國所統轄的領地，在此只是代指金人的巢穴。「缺」為缺口或空隙，此處作險隘的關口。「朝天闕」指出征的軍隊勝利凱旋而歸，即班師回朝的意思。「天闕」為京城代稱，是皇帝居住的所在地。

正反大辯證

已故中央研究院院士、前輔仁大學文學院院長余嘉錫先生，在著作《四庫提要辨證》中，針對《岳武穆遺文》率先提出〈滿江紅〉偽詞一說，此觀點一出，引發史學界譁然，此後八十餘年，正反兩面各自舉證堅持己說，但始終無法以更有力的證據進一步明辨漏洞之處，致使岳飛這闋詞作的真實性陷入膠著，而再添詞學公案一樁。

依據史料，該詞作最早出現於明代嘉靖朝內閣首輔徐階為岳飛著作所增編的《岳武穆遺文》內。從發現開始，因詞作代表岳飛本人的志氣節操，三百多年來無人懷疑過真偽，直到余嘉錫提出疑點，才開啟史學家的論戰。

持偽作看法學者除余嘉錫外，主要有夏承燾及孫述宇等教授，綜合論點有四：

一、岳飛孫子岳珂，耗盡三十一年心血所蒐編重刊的《金倫粹編．家集》裡，為何沒有收錄此詞？而詞作卻突然出現在明朝中葉之後。

二、徐階整編的《岳武穆遺文》是從明孝宗弘治十五年，浙江提學副使趙寬所書寫的岳墳詞碑收入，但趙寬未曾言明詞作出處，而詞碑中同時提及岳飛的另一首作品〈送紫岩張先生北伐〉，已由明代學者證實為偽作。

三、岳飛欲剿滅的金人巢穴，位在吉林省的黃龍府，詞作寫的卻是當時隸屬西夏大白高國的領土賀蘭山，如果是岳飛親作，應該不會有這種錯誤。

四、「三十功名塵與土，八千里路雲和月」是人盡皆知的岳飛素材，仿真而寫並不困難，此外，詞作和岳飛的另一闋詞作〈小重山〉風格差異甚大。

力主岳飛真作而提出反辯的史學家，以鄧廣銘、王曾瑜和李安為主，所持的觀點整合為四項：

一、據現有史料分析，岳霖、岳珂父子在蒐編《金倫粹編．家集》時，確實有疏漏，如宋朝趙與時編撰的《賓退錄》中收錄的岳飛詩作，亦不見於《金倫粹編．家集》中，失傳後再現案例多如牛毛。

二、「賀蘭山」只是文學創作中的泛指，而非實指，如同詞作中「胡虜肉」與「匈奴血」，不是真指匈奴，而是女真，都是廣義的敵人之意。

三、這麼好的作品，作者有必要嫁名給岳飛嗎？如果是為了影射朝政而托名，那麼「靖康恥，猶未雪」這樣的亡國事實，是暗指明朝的哪樁事體？

四、從「三十功名塵與土，八千里路雲和月」得知，作品應是岳飛三十歲前後有感而作，岳飛三十歲那年，身披殊榮，兵權在握，由九江奉旨入朝，行程超過八千公里，又三十歲置司江州，秋季多雨，詞中寫「瀟瀟雨歇」是真實表達了本人的感受。至於與〈小重山〉格調不同問題，因作於不同時間，格調當然不同。

給力最重要

謎團的釐清很難，讓人心有一致的看法更難，何況是這一闋激發愛國鬥志的政治正確詞作，無論是岳飛真作也好，偽作也罷，出現以來，始終扮演「給力」的象徵，已深植人心，若再好好琢磨內容，上半闋因觀書有感而起，借景抒發悲憤之情，進而回顧自我軍旅報國生涯。下半闋對於內政紛擾阻礙未竟之志，只能將抱憾化作為國雪恨的復興聯想來表明心志。詞作確實符合岳飛史蹟的寫照。

曹雪芹在《紅樓夢》裡寫了一幅對聯：「假作真時真亦假；無為有處有

還無。」翻成白話就是：「將假的當作是真的，真的就成了假的；把不存在的東西看作存在的，存在的也就變成了不存在的。」試想〈滿江紅〉流傳到今天，岳飛早就升格成中華民族精神的圖騰，或許被提出的疑點，相對有較高的說服力，但拋開種種真假，這闋詞敘述的是岳飛壯志未酬的心境一點不假，既然如此，真假對多數人而言，是否也就沒有那麼重要了。

【詞人簡介】

岳飛，字鵬舉，兩宋時期相州湯陰人，少時力量驚人，拜師弓術名家周同，年十九起共從軍四次，坊間傳述在第四度投軍時，母親以針在背上刺予「盡忠報國」四字。官至少保、樞密副使，封武昌郡開國公，因「莫須有」謀反罪被高宗賜死，孝宗則為之平反，追諡武穆、追贈太師、追封鄂王，改諡忠武。至明朝神宗皇帝，加封「三界靖魔大帝忠孝廟法天尊岳聖帝君」而成為民間敬奉的神明。後人輯錄有《岳忠武王文集》。

22

釵頭鳳疑雲

陸游唐琬沈園泣相逢

宋詞新曲連結 22
〈釵頭鳳〉

她是唐琬，才情卓越、溫順靈秀，雖樸拙於言詞，卻善解人意。他是陸游，謙謙君子、倜儻風流，書五車才八斗，顧忠孝兩全。這一女一男，道平凡似平凡，說不凡似也不凡，數百年來，曲繞著山陰沈園粉壁上所遺留下的兩闋淒情愛憾詞作而教人慨嘆綿綿。

鴛鴦愛侶，兩小無猜，婚前情投意合，儷影成雙；婚後花間月下，依舊互傾衷情，本作天造地設，羨煞人間一對，莫可奈何，情深不壽，愛極必傷。陸母憂慮紅顏禍水，誤子功名、斷裔絕後，硬逼他們離散。緣分至此，男再婚、女再嫁，歷經十年後沈園重逢，情傷未癒痛猶在；曾經滄海難為水。他傷絕於園壁前，振筆疾書一闋〈釵頭鳳〉：

紅酥手，黃藤酒，滿城春色宮牆柳。
東風惡，歡情薄，一懷愁緒，幾年離索。錯錯錯！
春如舊，人空瘦，淚痕紅浥鮫綃透。
桃花落，閒池閣，山盟雖在，錦書難託。莫莫莫！

次年，她復遊沈園，望壁吟詞，痛絕難當，唱和〈釵頭鳳〉一闋，返家後不久，含鬱而終。

世情薄，人情惡，雨送黃昏花易落。
曉風乾，淚痕殘，欲箋心事，獨語斜闌。難難難！
人成各，今非昨，病魂嘗似秋千索。

角聲寒，夜闌珊，怕人尋問，咽淚裝歡。瞞瞞瞞！

這對不在乎天長地久，只在乎曾經擁有，彼此信奉「心不變、情難移」的金童玉女，即使掙不脫愚昧禮教捉弄的命運，但，扣準愛情恆久遠的信念，就足夠牢牢撼動數十代，乃至億萬人的心。然而，這愛情經典篇章是否為真，就須有面對歷史真相考驗的準備。

疑情探索

嘗試重回史料現場，發現最早蒐錄陸、唐愛情故事的典籍，是南宋文學家陳鵠所撰寫的見聞筆記《耆舊續聞》。在第十卷中，陳鵠將弱冠之年親蒞許（沈）園探訪，見牆上陸游題詞運字「筆勢飄逸」，聞唐琬殘留「世情薄，人情惡」六字而非全闋，約略概述了所見、所聞。文中載明，陸游初訪沈園，其時為唐夫趙家宅邸。

幾年後，南宋愛國詞家劉克莊訪談了曾授業陸游的老師曾茶山孫子，同時也是陸游學生的曾溫伯，並將其結果略敘於《後村詩話續集》卷二內，提及陸游與唐夫趙士程實有姻親關係，而沈園相逢，陸、唐行止僅於「坐間目成」，即彼此只有默默相視而已，〈釵頭鳳〉一詞則隻字未提。

宋末元初，雅詞派領袖周密在著作《齊東野語》卷一〈放翁鍾情前室〉章節裡，進一步完備故事結構，讓陸、唐關係具體化為表親兄妹，增補二人離異後別館藏嬌、藕斷絲連片段。沈園偶遇則修飾陳鵠說法，將唐琬派人致送酒餚給陸游，改為委請夫婿趙士程遣人致送，陸游悵然感賦〈釵頭鳳〉，題詞於園壁上，但題詞落款時間較陳鵠所記載時間晚了四年。

以上三個主要現場史料，被後世廣泛採用，再添血加肉，成為眾人今天熟悉的真人真事與戲劇版本。

三則文獻若按史實原則比對，破綻多處且相互矛盾，如題詞時間、血緣關聯、重逢反應，乃至沈園歸屬，最令人不解的是，最具張力高潮的題詞關鍵，唯一訪談過陸游關係人的劉克莊何以略而不談？種種疑竇，讓好奇的學者展開調查。

首先將偵察重點轉移至詞作本身，發現詞句中有三處值得商榷的用語，啟句「紅酥手，黃藤酒，滿城春色宮牆柳。」用字極為「香豔」，很難想像一位正經的先生會以類似風月場中「輕浮」的字眼，形容在自己愛妻的身上。其次，出在句間「宮牆」二字，雖然紹興曾貴為古越國都，但年代久遠，已不符現實地方環境。三來，對遵從「孝義兼摯」的君子而言，是否會取「東風惡」三字來隱喻自己的母親？

查陸游生平，四十四歲至五十二歲期間，任職於川、陝地區。根據《宋詩紀事》卷一百所載，宋時鳳州有三出，謂「手、柳、酒」，即「鳳州三寶」：「妓女纖白手」、「金絲柳」及「青白酒」。三寶完全吻合〈釵頭鳳〉啟始三句景物，而成都作為故蜀王宮，「宮牆」林立，隨處可見。

如果「東風惡」是影射對母親強迫仳離的怨恨不滿，清代詞學家張宗橚輯錄《詞林紀事》時，則引用了明末出版藏書家毛晉語：「放翁詠〈釵頭鳳〉一事，孝義兼摯，更有一種啼笑不敢之情於筆墨之外，令人不能讀竟。」藉以駁斥這種說法。

另外，明朝重量級暢銷作家蔣一葵撰寫《堯山堂外紀》裡，有段關於陸游在蜀風花雪月，鍾情某位美女，並兩度為其賦詩的記載。又加上詞牌〈釵頭鳳〉命名由無名氏作者〈擷芳詞〉易名而來，陸游是摘取原詞「都如夢，何曾共，可憐孤似釵頭鳳」中「釵頭鳳」三個字，但其韻調當時盛行於成都一帶。後世依照這種種蛛絲馬跡抽絲剝繭，便產生詞作完稿於成都期間，非為唐琬而寫，而是贈與情婦之推論。

至於，陸游、唐琬沈園不期相會後，前後題詞〈釵頭鳳〉於壁面的情節發展，在封建禮教規範鼎盛的宋朝社會裡，實有悖常理，何況當事人都是仕宦家庭，又有親戚關係。雖然陸游在《劍南詩稿》卷二五中，述及「禹跡寺南，有沈氏小園，四十年前，嘗題小闋壁間。」惜未明確題詞內容或為何人，因何事而題。

因此，自清代以降，即有王士禎、張宗橚、夏承燾、吳熊和等無數文史大家予以考證評價「陸、唐沈園纏磨相和」乃好事者穿鑿附會之談。

歷史爭議，各執己見，肇因資料完整性的不足和切入角度不同。同樣，提出質疑論點者若無法將疑點一一有效合理排除，信者所堅持的理由就難以被一概蠻橫推翻。

當然，信者豈甘示弱，繼續挖掘史料提證反辯，陳鵠與陸游長兄陸淞私交匪淺，所得資料具為一手，弱冠之年親眼所見陸游手書壁詞怎能瞎造？況陸游親編《渭南集》雖未直言此事，但間接觸論多次，尤以晚年詩作感慨最多。就時間上，陳鵠記「辛未三月」與陸游〈禹跡寺南〉詩序「四十年前」吻合，而周密所載時序似乎顛倒錯亂，「翁居鑒湖」緊接「唐氏死」完全不通邏輯，再詳察書稿已非原始版本，其時間晚了四年疑是複刻版本所誤。

關於沈園歸屬，按《耆舊續聞》載「後適南班士名某，家有園館之勝，務觀一日至園中，去婦聞之，遣遺黃封酒果饌通殷勤。」翻譯白話為：「唐琬後來改嫁趙士程，趙家擁有美麗的豪華大宅院，陸游有一天到訪趙家，唐琬聽到這個消息，就派人送了好酒好菜表示歡迎。」問題就出在這裡，沈園如果是趙家的，兩人又是再婚身分，陸游在趙家私會唐琬，還公然在牆上題詞，這確實不符常理。但，斷句若在「家有園館之勝。」句號後再起「務觀一日至園中」，便可解開沈園歸屬問題，因為前述趙家有豪華宅院，與陸游去園中遊玩，就成了兩個地方兩碼事。將諸多人事時地物琢磨比對，誰能肯定陳鵠、周密、陸游所言不是實情。

再說，文學家作詩詞，修辭是慣用手法，以詞性分析，詞首三句手、酒、柳未必實指，作形容語反倒更貼近全詞的一貫性，是故，陸游藉喻體形塑唐琬，是相對合理的解釋，根本無須膠柱鼓瑟於「宮牆」究竟在蜀？抑或在古越？

再想想，一位忠孝雙全的愛國者可能在國家多難，兵馬倥傯情況下，還有閒情逸致狎妓冶遊，寫詩填詞送給情婦？倘若史料無誤，當時鳳州手、酒、柳早已馳名遠播，那麼還須執著於詞作非得人到鳳州才能創作？所以，陸游將〈擷芳詞〉改名〈釵頭鳳〉，不恰恰有往事如煙，不得與唐琬偕老，從此必須孤憐生活的遺憾麼。

最後，「東風惡」三字，若直接解釋作陸游對母親深惡痛絕的控訴，未免矮化詞人看事情的深度，按《劍南詩稿》卷十四中陸游自己說明，休妻事件是因唐琬不孕而起，遭公婆逐出其實是「封建禮教」殺人的結果。因之，看待「東風惡」時，更貼近的涵義，應該是詞人對整體封建禮教的無奈與撻伐，而對母親拆散鴛鴦的作法，是正巧相容於雙關語意下勉強附加的情緒抒發罷了。

三百年來，真假〈釵頭鳳〉爭辯不休，迄今仍作文學公案一樁，後世研究者縱然持有各自堅定立場，讀者都須給予治學上的敬重。一切真相之所以模糊，只能解釋，作者在世，話一次不講清楚惹來猜疑，必有所苦，非當事人難以理解。幸好，在陸游至老、至死深愛或者深歉唐琬這件事上，是毋庸置疑的，至少，還留給了這份愛情得以繼續流傳的價值意義。

【詞作新譯】

〈釵頭鳳〉之一／陸游

紅酥手，黃藤酒，滿城春色宮牆柳。

妳那雙纖細滑膩、白裡透紅的玉手，斟著官家剛釀產的上等美酒，我倆忘情地沉溺在這滿城無際的春色中共飲。妳婀娜的身姿，一如牆邊迎風搖曳的細柳，不禁令我神魂心迷。

「紅酥」原本形容紅梅蓓蕾的顏色，在此作膚色解釋。「紅酥手」指既紅潤又白嫩的手。「黃藤酒」為宋代官酒以黃紙封口，也是宮廷指定飲用的好酒，又名黃封酒。「宮牆」此非指宮庭圍牆，而泛指一般庭園的牆簷。「宮牆柳」此處宜作喻體，以柳譬唐琬。

東風惡，歡情薄，一懷愁緒，幾年離索。錯錯錯！

想起那可恨的傳統禮教從中作梗，強行拆散了我倆曾經擁有的美滿姻緣，我懷著滿腔不甘的愁緒，但又能如何！轉眼幾年過去，我的心依然惆悵、落寞。或許是上天捉弄人，我倆結合就是一場美麗的錯誤。

「東風惡」陸游因婚後如膠似漆的甜蜜生活而耽誤功名前程，加上唐琬遲遲不孕，在阻功名、絕後代的封建禮教大帽下，陸游母親怎能背負這等罪名，只好逼迫陸游休妻。封建社會忤逆不孝為世人所不容，陸游即便有怨，應不至於直接引文責母，因此，「東風惡」實指傳統禮教較為合情合理。「離索」為離散落寞的意思。「錯錯錯」三個疊字為加重語氣，指被制約下的姻緣就是種無奈的錯誤。

春如舊，人空瘦，淚痕紅浥鮫綃透。

春去春又回，時序從不曾改變過，而妳，卻更加地憔悴消瘦。我倆偎傍著寒暄敘舊，妳哭紅的眼頰濕透了手中的絹帕，我的心也像撒鹽的傷痕，刺痛萬分。

「空瘦」係消瘦、憔悴。「浥」作動詞，潤濕的意思。「淚痕紅浥」為哭紅的雙眼淚濕滿腮。「鮫綃」神話傳說中鮫人織成的絲絹、薄紗。指以絲織製的手帕。

桃花落，閒池閣，山盟雖在，錦書難託。莫莫莫！

失落的心，猶如遍地的桃花，春天再美，美不過花落的遺憾；逝去的情，已似閒廢在池上的水榭樓閣，早就人去樓空。我倆生生世世相愛的盟約雖然堅韌不移，但，化為相思的信箋卻無從可寄。算了吧！誰教我心有餘而力不足呢。

「池閣」為搭建在水池上面的水榭樓閣，「閒池閣」在此以人去樓空意喻往日歡樂不再。「山盟」即山盟海誓，指對著山、海盟誓，表示對愛情的堅決永恆。「莫莫莫」因絕望而作罷，引申作算了吧。

〈釵頭鳳〉之二／唐琬

世情薄，人情惡，雨送黃昏花易落。

世間的情分本就淡薄無常，人性喜新厭舊或受環境影響的習氣也屬平常，這是福無定門的道理。如同密雨在黃昏時急落，盛極近衰的花朵，怎耐得住雨勢蹂躪而紛紛飄落，世事都是脆弱的。

「雨送黃昏花易落」這句是藉景談心，描述人的心理狀態，當人遭受外在環境多重打擊之後，內心所呈現的薄弱一面。

曉風乾，淚痕殘，欲箋心事，獨語斜闌。難難難！

夜裡的雨可以因晨風而乾，心裡的淚，任憑擦拭，已難抹烙下的殘痕，誰說鳥飛空無跡，船過水無痕。想把一切思念寫在紙上，紛亂的心又教我不知從何起筆，倚著欄杆望著天傾吐心語，祈願將心事送達給你。但，實現這個願望，好難。

「曉風」指清晨的微風。「箋」是用來寫信的紙張。「斜闌」倚靠著欄杆。「難難難」喻意有相思欲寄從何寄之難，「欲箋心事，獨語斜闌。難難難。」三句是呼應陸游「山盟雖在，錦書難託。莫莫莫。」三句。

人成各，今非昨，病魂嘗似秋千索。

你我離別後各分東西，如今，擁有各自新的人生，雖然昨日種種譬如昨日死，我的心，卻始終不曾放下過你，我備嘗身心煎熬的痛苦，拖著相思的病體，猶如懸在鞦韆上，不停地在過去與現實中來回擺盪。

「病魂嘗似秋千索」對應上闋第三句的心理層次，進一步描繪精神狀態，為身體與內心飽受分離所苦（即愛情的表裡不一），如同鞦韆搖擺不定。「病」此處為複合用字，指人的形體。「魂」作人的心靈。

角聲寒，夜闌珊，怕人尋問，咽淚裝歡。瞞瞞瞞！

我聽著遠方傳來敲打的更聲而輾轉難眠，思念，夜愈深愈惆悵。又害怕他瞧出我的心事追問，只能抑制內心的苦澀，嚥下所有淚水，繼續在他面前強顏歡笑。我之所以刻意隱瞞，無非不想傷害到無辜善良的他。

「角聲」指夜裡打更的聲音。「角」樂器名。以動物的角或竹、木、銅等材料製成，有曲形、竹筒狀等，古時候多用於軍隊中。「闌珊」係衰落、蕭瑟的樣子，亦含有追憶往日情懷之意。「怕人尋問」這個人不是別人，正是唐琬再婚夫婿趙士程。「尋問」即追問。

唐琬應和的這闋〈釵頭鳳〉，在《耆舊續聞》中僅提有「世情薄，人情惡」兩句，而完整版詞作最早則是出現在明代文學戲曲家卓人月所編著的《古今詞統》卷十裡，清康熙朝翰林侍讀學士沈辰垣奉敕編撰的《御選歷代詩餘》卷一一八亦輯錄有「夸娥齋主人」載本。除此之外，找不到任何力證可資證實出自唐琬之手，仔細分析詞作，內容邏輯又背離了一般社會常規，多數學者考證後推論，詞作乃後人偽託之作應屬無誤。

【詞人簡介】

陸游，字務觀，自號放翁，宋代越州山陰人。自幼受愛國教育啟蒙，學劍，鑽研兵書，立下救國志願。十二歲即能詩文。年二十九赴京省試，名列第一，次年晉級禮部考試，因觸怒秦檜而遭除名。孝宗時，賜進士出身，任夔州通判，後參贊王炎、范成大幕府軍事，因抱負難伸，轉趨不拘禮法，恃酒頹放，於是自號「放翁」。其後提舉福建路、江南西路常平茶鹽公事、權知嚴州，官至寶謨閣待制，晉封渭南伯，不久，遭劾去封號。後復任軍器少監，再改朝議大夫、禮部郎中。六十五歲遭罷黜，此後終老家鄉。一生寫詩萬餘首，多屬豪放氣魄之作，被譽為南宋偉大愛國詩人。詩風近似李白，有「小太白」之稱。與尤袤、楊萬里、范成大並稱「南宋四大詩人」。因筆耕豐碩，今存有明朝汲古閣刻本《陸放翁全集》。著名有《劍南詩稿》八十五卷、《渭南文集》五十卷、《放翁遺稿》三卷、《南唐書》十八卷、《老學庵筆記》十卷等。

唐琬，真實生平不詳。按野史散載，為北宋宣和年間鴻臚少卿唐翊之孫女，父親名閎，越州山陰人士。唐琬自幼文靜靈秀，卻才華出眾，是南宋愛國詩人陸游的第一任妻子，她應和陸游〈釵頭鳳〉的詞作，換取了無數淚水，被後世評價為：「一滴清淚，纏綿悱惻了整個南宋文學史。」也正因為這段有緣無分的愛情故事，她得以名傳千古，流芳百世。

23

吳江渡與橋

舟上蔣捷思櫻桃芭蕉

宋詞新曲連結 23
〈一剪梅 · 舟過吳江〉

楔子

年少便迷戀聽雨，每每聽雨總上歌樓，燃起紅燭，魂消羅帳，聽一片覆雨翻雲聲何等歡狂。耽溺這般夢死醉生的青蔥歲月裡哪能料想，日後的雨聲，竟轉調迎向壯年期的夢魘憂傷。本以為壯年聽雨將會提煉作一種閒適浪漫，奈何都城淪陷國家破亡，現實皮之不存，毛將安傅。當下無處排解的苦楚，只好統統拋給杜康。

德祐二年

元宵剛過，京城居民仍沉浸在春寒料峭的新年氣氛裡，一季的冬雪，暫息敵人侵掠的步伐，逐漸復甦的大地上，卻絲毫不減蒙古鐵騎伺機而動的肅殺危機。正月十八日，元軍出其不意一舉攻克臨安城，陸秀夫奉旨求和失敗，宋恭帝降元，不願接受新政府統治的財主政要紛紛向外流竄，一時間，江南運河湧現出前所未有的逃難船舶景觀。

【詞作新譯】

〈一剪梅．舟過吳江〉

一片春愁帶酒澆，江上舟搖，樓上簾招，秋娘渡與泰娘橋，風又飄飄，雨又瀟瀟。

何日歸家洗客袍？銀字笙調，心字香燒，流光容易把人拋，紅了櫻桃，綠了芭蕉。

露泣蒼茫的初春，運河上蜂擁的亡船紛紛駛離臨安城，越過桐鄉界水進入嘉興前，不同塘路支流已將船舶陸續分散而去，幾艘船隻沿著河道繼續向北急駛。船至盛澤（吳江段始），河面颳起陣風，天空飄下細雨，船行在冰風冷雨的波濤上益顯搖晃，一路顛簸來到了平望。平望自唐開元年間建驛站於堤岸旁，設水陸兩站，居民逐漸聚集而形成沿岸繁華。此刻，岸上人活動如常，對於距離僅在百里咫尺的京城陷落，似乎比不上當下實在生活。

末代進士蔣捷棲身在一艘船艙內，環顧著渡口驛站兩側，酒肆旗幟在雨中任風擺盪，不由得感慨聽雨歌樓的歡快何其短促，若把歷史長河裡的國祚更迭比擬歌樓酒肆頭牌藝人的更替是否相差無幾？想那躍升唐憲宗寵妃的歌妓杜秋娘，大唐名將韋皋力捧的閃耀女妓泰娘，這些曾經紅極一時，甚至攀上枝頭的歌舞妓，命運多與前朝各代相同，好景又能維持多長呢？

眼前渡口漸趨朦朧，迎面清晰的是座橋，管他渡口還是橋，世事多變難料。船艙外，風依舊吹，雨仍然下，巴不得將河水化為酒池，灌醉全世界。

不知流亡日子何時能終結，重新回到昔日繁榮景況？可以再一次燃起一爐沉香冥想，愜意地吹彈雅樂，享受四海昇平好時光。可嘆的是，時間從不曾站在人類這一邊，歲月任它有去無返，不似大自然時序幸福，諸如紅櫻桃、綠芭蕉得以生生不息年年展示新衣裳。而歷史進程不就和人一樣，一個朝代國家敗亡，重建機率渺茫。

還原歷程

「吳江」為地名，位於太湖東畔，是春秋吳國屬地，秦王政二十五年首設吳縣，五代後梁開平三年，由吳越王錢鏐劃吳縣南地與嘉興北境為縣地奏建吳江縣，境內地勢低平無山，有大小湖泊數百，全縣河道縱橫，呈現一片水鄉澤國風貌。「舟過吳江」係指乘船行經吳江地區，並非船過吳淞江。

首句「一片春愁帶酒澆」，破題直抒詞中人欲藉酒消除苦悶的「時間」點在春天（元軍占領臨安即為陽曆二月四日初春）。第二、三句轉向靈動的場景調度，「江上舟搖」搖的豈止船，還有延續上句人的「愁傷」之心。「樓上」代指河岸上，「帘」為酒店外懸掛的旗幟，「招」一般形容打手勢示意人過來的動作。「樓上帘招」則巧繪出岸上酒肆旗幟凌風飄揚的動態，唱和著第二句裡的「搖」字，亦為第四句的地點預作鋪排，二、三兩句帶有承先啟後的張力功能。

運河行經處，店家出現，意味船進市區段，於是便迎來第四句渡口與橋的背景畫面，依吳江《平望志》記載，平望驛是往返蘇杭間唯一繁華的交通樞紐，自開埠以來即兼理水、馬兩站，熱鬧異常。「秋娘渡與泰娘橋」實非地名實指，而是別有用心的隱喻，是作者妙用文學筆法的浪漫綺想。作者藉中唐兩位名妓憶祭少年過往，悲懷人生好景不常，慨嘆岸上仍作猶唱後庭花的景象，最後引出上闋結句「風又飄飄，雨又瀟瀟」的淒涼語。

「何日歸家洗客袍」字面淺譯，什麼時候可以回家洗淨這一身風塵僕僕的衣裳，實為寓意何時能結束失根漂泊的日子而重新開始。「洗客袍」是蕩瑕滌穢，煥然一新的意思。「銀字笙調」係依照樂器上標示音調高低的記號來演奏音樂。「銀字」用銀粉標注音階位置的點記號。「調」此處作動詞調整解。

「心字香燒」燃燒以多種香料搗末和勻後所縈篆製成的心字型印香。「心字香」為印香，也稱篆香或拓香，唐宋時期相當風行。唐朝「王司馬」王建即留有「閒坐燒印香，滿戶松柏氣。火盡轉分明，青苔碑上字。」的〈香印〉詩說明其特色。印香製法是用模具框範香粉壓印，粉末迴環縈繞，形似連筆篆字。「銀字」與「心字」兩句，是貼著前句期待浴火重生的「願望」而來，按音階標記，精準無誤調整笙律後焚香禮拜，即代表真誠地發心向天「祝禱」。

祝禱之後呢？顯然結果依然教人悲觀，所以哀傷「流光容易把人拋」。人活在急如流水般消逝的光陰前，面對的終究是回不去的現實景況，而國家興衰週期，就像「紅了櫻桃，綠了芭蕉」，順應的都是更迭的法則，歷史再再證明，朝代政權可以換人興替，但人的生命卻萬萬不能與時間抗衡。

謎句探索

詞中「秋娘渡與泰娘橋」一句，今坊間主要流通尚有「秋娘度與泰娘嬌」、「秋娘容與泰娘嬌」共計三種版本。依蔣捷作品《竹山詞》溯源考證，現存最早抄本為天一閣舊藏明抄《百家詞》收《竹山詞》本。首刻本為明末藏書家毛晉編刻汲古閣《宋名家詞》收《竹山詞》本。另有清中後葉士禮居黃丕烈舊藏明嘉靖楊儀抄藏本，康熙命詞臣根據皇室所藏歷代民間不傳之宋元明本詞集，戮力勘訂編纂總成《歷代詩餘》中的蔣捷作品，四種有力佐證版本皆不作「秋娘容與泰娘嬌」。

明代楊慎輯《詞品》收有蔣捷詞作兩闋，其一即為〈一剪梅．舟過吳江〉，詞句採「秋娘容與泰娘嬌」，但詞末刻意標記另作「秋娘渡與泰娘橋」，足見嘉靖年間這闋詞已流傳兩種抄本，惟楊慎重點不在版本考據，索性將兩說並陳。再擴攤可考史料，取「秋娘容與泰娘嬌」句，似以民初陶湘輯成《景刊宋金元明本詞》收稱「景元人抄本」《竹山詞》為最早，但按本詞〈敘錄〉索驥，該版《竹山詞》源頭乃模抄黃丕烈校藏舊抄本而來，非真正元人抄本，且陶湘在來源中亦明述，影刊版本之藏家吳昌綬訂補移寫極多，已不能盡如原本。

排除陶湘影刊舊抄本，康熙二十六年由詞曲家萬樹編撰的《詞律》也作「秋娘容與泰娘嬌」句，萬樹韻學功底深厚，選校作品皆詳考調名、辨字聲、標豆句、用詞韻、析片數及別調體，遵循篇有定句、句有定字、字有定聲、韻有定限的文字律規則，凡經修訂作品多呈精密面貌。《詞律》甫出版便洛陽紙貴，其後《欽定詞譜》編修亦引以為本，直至光緒臨朝，其二百年間重版無數次，可謂影響至深。

純論詩詞句法，「秋娘容與泰娘嬌」，「容與」二字若當作出自《楚辭・九歌・湘夫人》的形容語詞解，頗符合七言句常見的「上四下三」句式，譯作秋娘安閒自得、泰娘輕柔美麗，兩名歌妓再配上前句「樓上帘招」，似乎也理順章成。

萬樹《詞律》雖僅取蔣捷詞作二十闋，卻一併收進全本《竹山詞》內與〈一剪梅・舟過吳江〉如出一轍的異調作品〈行香子・舟宿蘭灣〉，兩闋詞看似曲調不同，遣詞用字則異曲同工多處重複，不但有「紅了櫻桃，綠了芭蕉」、「銀字笙調，心字香燒」等句可供相互校勘，〈舟宿蘭灣〉在「秋娘渡」、「泰娘橋」二景前，尚多添一景「窈娘堤」，實在令人無法確知是萬樹失察，還是偏重律調而刻意忽略的結果。根據可考史料綜合推論，蔣捷此句詞意當指「虛人實景」，而非描人容態。同時釐清「秋娘度與泰娘嬌」是為傳抄訛誤。

【詞人簡介】

蔣捷，字勝欲，號竹山，別名竹山先生、櫻桃進士，宋末元初陽羨人。生卒年不可考。先世為義興巨族，配晉陵學士佘安裕公女，生三子。南宋咸淳十年參加科舉，為末代進士。宋亡後，隱居鄉里，卒不仕元。一生長於理學及文字聲韻學，通樂律，工詞，與周密、王沂孫、張炎並稱「宋末四大家」。其詞作明末毛晉評「語語纖巧、字字妍倩」，清初萬樹評「煉字精深，調音諧暢，乃詞家矩矱」，清初史學家萬斯同撰《宋末忠義錄》勾稽事蹟，讚其學問及人品氣節。義理著作有《小學詳斷》，元人集結詞作為《竹山詞》。

24

倚江望逝水

半百楊慎揮灑千古詞

明詞新曲連結 24
〈幾度夕陽紅〉

楔子

望著江面湍流激起的浪花飛雪，站在渡口上的詩人不經意地吟誦起蘇東坡的〈念奴嬌．赤壁懷古〉。那些曾在驚濤裂岸中捲起千堆雪的風流人物，個個皆稱叱吒英雄，然而，古往今來，誰能恆定江山，永保國祚長青？看看詞句裡這位雄姿英發、羽扇綸巾的周公瑾，其身後朝代更迭如搗蒜，想起來就教人感慨萬千。

渡口上的詩人姓楊名慎，二十三歲狀元及第，是人間羨煞的棟梁才俊，本該擁抱勝利人生與無窮希望，奈何，順遂坦途終究覆逆不了天道的世局變幻。十年大運過後，大明正德皇帝駕崩，繼位堂弟嘉靖帝隨即掀起「繼統不繼嗣」

的「大禮議」在朝中纏鬥三年，詩人終以紫禁城外左順門前一齣「擂門大哭」的力阻行動劇觸怒龍顏，自此人生由紅轉黑，遭發配雲南，充軍邊塞三十五年。

在楊慎流放生涯裡，曾因父病、奔喪獲准返鄉四川兩趟，其餘奉軍令公幹，共計入蜀七回。嘉靖十八年，結束客歲奉派的軍務回程，年過半百的楊慎循著建昌官道第四度來到這個位於長江上游的「拉鮓」渡口，待隔日登船歸滇。日落時分，見潮湧的金沙江水奔騰東逝，舉目青山傍水連綿，西邊殘陽潤紅了頂上雲彩，岸旁濕地來往的人群，已分不清是漁夫？是樵民？

這一晚，夜宿金沙江畔的楊慎與過去因打尖相識的店家老翁把酒敘舊，從面對謫戍時的悲憤到接受放下的釋懷，一轉眼，楊慎流放生活已然過了十五年，如今早能淡定心扉、安然自得地享受活在當下。此刻，屋外波瀾奔瀉的川流聲似配樂，窗口寥廓裡透著屹立的朦朧山脈像畫卷，面前歷經風霜的白髮耄耋忘情地談笑風生，此情、此景，此心所感，楊慎不費吹灰之力直取白描揮灑，將這片刹那化為筆下永恆。

【詞作新譯】

〈臨江仙〉

滾滾長江東逝水，浪花淘盡英雄。
是非成敗轉頭空。
青山依舊在，幾度夕陽紅。
白髮漁樵江渚上，慣看秋月春風。
一壺濁酒喜相逢。
古今多少事，都付笑談中。

江水不息，世間無常。是非輸贏，過眼消散。青山不老，人生苦短。鶴髮朱顏，漁事樵活，寒暑日常。知交相逢，佐酒歡聚，笑忘古今。詞作上半闋以自然「空間」之常態運行對比人世「時間」的變化與匆促，藉此映襯人類站在大自然面前相形虛渺，人，或許能得一時，但終要回歸塵土而淹沒在時間的空無。下半闋檢視人與時空的和諧關係，營造出一分以自然為本的灑脫，借助安貧樂道的漁樵老翁知其天命而笑看紅塵。若為人，就該悠閒自在地活在當下。

滾滾長江東逝水，浪花淘盡英雄。是非成敗轉頭空。青山依舊在，幾度夕陽紅。

浩瀚江水翻湧沉浮，永無止息向東奔逝。浪花朵朵壯麗噴飛，似代代豪傑如過眼雲煙。人世間萬般爭得一個是非對錯，千番算計一生成敗榮辱，到頭來換得的不過飄渺虛無。面對時間長河屹立的巍峨青山，短促人生寥寥可數的晚霞怎堪並論。

中國地理西邊是黃土高原，東邊為黃淮平原，地勢呈西高東低，按水往低處流原理，江河多自西往東流去，即是「東逝水」。首句裡的「長江東逝」與第四句的「青山依舊」，實指「環境空間」中不變的物理現象和自然常軌。第二句的「浪花淘盡」及末句的「幾度夕陽」則暗比「人世時間」裡常態的循環變化與短促生命。「幾度」作有限的次數解釋，即幾次。

白髮漁樵江渚上，慣看秋月春風。一壺濁酒喜相逢。古今多少事，都付笑談中。

那些世居江畔砍柴垂釣的白髮老翁，熟悉自然規律，歡喜與四季融合共生。只要見到相識的老朋友，便會端出祖傳私釀的老米酒，極度熱忱地招待痛飲，管他什麼古往今來還是雄圖偉業，都是些酒酣耳熱無益生命作一笑置之的助興話題罷了。

拉鮓山城是南方絲綢之路上的渡口，是川滇兩省經貿往來的要道。古時河灘開闊有小洲，岸邊有濕地陸塊，詞中所稱「江渚」，便指這些小洲陸塊，江渚上蓋有供過客歇腳的小客店。史載三國蜀相諸葛亮率軍南征的「五月渡瀘」即由此過江，元代從威尼斯西來的馬可．波羅、明朝地理學家徐霞客入滇，也皆從拉鮓渡江。此外，拉鮓當地有項飲食特色，村民釀酒的傳統是不去米滓，混合酒糟的酒色呈昏濁狀，即為「濁酒」，其酒精度數低，飲用口感絕佳。

「漁樵」此處非指漁父、樵夫，而是喻指不問世事的隱居者。「江渚」泛指江畔濕地、半島或江心沙洲、小島。「秋月春風」形容良辰美景或美好歲月。「濁酒」用糯米或黃米不去酒糟混釀而成的酒。「喜相逢」意指遇見久未謀面老友的喜悅，表示作者很開心遇到過去在過江時所認識而結交的朋友，可能是漁樵、船家或店翁，也很可能是同一人。

詞歸何處

楊慎未遭流放前，曾官拜翰林院修撰，掌理《武宗實錄》等史事編纂工作，正因專業熏習，使他難以忘情歷史書寫，流放期間，他嘗試採韻文手法記敘歷史，將盤古開天以降史話，藉「說唱」普及形式彙編《歷代史略十段錦詞話》，讓市井文盲也能在說唱中學習歷史知識。這闋〈臨江仙〉即被收入詞話第三段〈說秦漢〉開篇。後「詞話」遍傳江南，逐漸演變為《二十一史彈詞》。

楊慎現今遺留坊間的作品，未見充分觸及《歷代史略十段錦詞話》的創作影跡，因此，後世學者對這部著作是否為楊慎所著存有疑慮。

根據可考史料，最早言及「詞話」附有「楊慎自序」的記載，是嘉靖丙辰進士陰武卿撰寫的「蜀本」序文，序中略敘楊慎撰輯詞話之遺事。陰武卿出生於嘉靖六年，小楊慎三十九歲，兩人重疊生活於嘉靖朝達三十二年，多數學者憑此支持陰武卿所言，相信「詞話」為楊慎所著。崇禎辛巳年貴陽知府朱茂時將蒐得萬曆壬辰年刊行含楊慎自序的「蜀本」重新複刻為《重刊增訂二十一史彈詞》，並將楊慎自序落版於卷首。只可惜現今坊間可查版本，已不見「楊慎自序」。

同場加映

「大禮議」事件，發生於明世宗嘉靖皇帝朱厚熜登基後，群臣認為嘉靖帝繼承堂兄武宗正德帝位，當以武宗之父孝宗為尊，建請嘉靖承認自己過繼，並認孝宗為嗣父，但嘉靖認為他是「繼統不繼嗣」，仍堅稱孝宗為伯父，同時欲追尊生父興獻王朱祐杬皇統尊號，這場鬥爭歷時三年，最終嘉靖用皇權壓迫大獲全勝。嘉靖十七年九月，廷議追尊嘉靖生父為睿宗獻皇帝，祔於太廟，並改陵墓名為顯陵。

【詞人簡介】

楊慎，字用修，初號月溪，庵號升庵，又號逸史氏、博南山人、洞天真逸、滇南戍史、金馬碧雞老兵等。明朝四川新都人，祖籍江西廬陵。為東閣大學士楊廷和之子。正德六年，狀元及第，官翰林院修撰，參與編修《武宗實錄》。武宗微行出居庸關，上疏抗諫，被迫稱病還鄉。世宗繼位，任經筵講官。嘉靖三年，因「大禮議」事件謫戍雲南，一生未獲赦免。嘉靖三十八年，卒於戍所。穆宗追贈光祿寺少卿，熹宗追謚「文憲」，世稱「楊文憲」。《明史．楊慎傳》謂其「博物洽聞，於文學為優」，與解縉、徐渭合稱「明朝三才子」。著作豐富達四百餘種，後人輯為《升庵集》。

輯末

小陽春

一曲餘韻／待相逢

25

九日潛迷藏　久可非典布局折桂令

元曲新曲連結 25
〈折桂令・九日〉

楔子

遲暮之人，對人生縱有再多欲望糾葛，捨不得放下也得放下。回首來時路，無論當下已臻至勝利完美，或者注定魯蛇一生，必須認分，外在環境與自身際遇豈容個人盤算。多數人能汲汲營營過好升斗小民日常便算幸福，該惜福一切。天生萬物以養民，哪個人不是經上天揀選而賦予在世專屬的優點長才，至於能否富貴顯赫，就非懷才可以獲得。這個道理，總要等到耄耋已至才能幡然體悟或逐漸釋懷。人吶！沒有懷才不遇，只有認真做好一世為人的功課。

【曲作新譯】

雙調〈折桂令．九日〉

對青山強整烏紗。

歸雁橫秋，倦客思家。

翠袖殷勤，金杯錯落，玉手琵琶。

人老去西風白髮。

蝶愁來明日黃花。

回首天涯。

一抹斜陽，數點寒鴉。

愣了半晌的老人回神過來，壓抑著因五斗米尚不能退休的心情，理了理頭上便帽，仰頭望了眼血紅夕陽下仍在匆匆趕途的雁群，心底縱有千般不甘，又奈何時不我待的人生，頓時閉起雙眼緊鎖了眉頭自勉，張小山啊！即便你是個擁有百萬粉絲的超級暢銷書作家，在仕途上，你終究是個匍匐於基層的公務人員，為了維繫好家計標配生活，再疲累、想回家都要捧好這碗飯呀。隨即張開眼快步進入屋內。

燈紅酒綠、笙歌鼎沸的宴席場合，只見美女花枝招展，並坐賓客間勸酒獻殷勤，賓主不時舉杯互敬，歡快暢飲喧嘩說笑，一旁那卡西見慣地跟緊賓客走調的歌聲，大跨度左右旋律。老人早練就了一套不掃興的附和法則，經常裝著不勝酒力退開席桌，靜悄悄偏坐在不受注意的旮旯角落裡。

人遲早都會面臨白髮增生和皮囊衰老的那天到來，這時候的徬徨，有如蝴蝶藏不住對眼凋萎黃花時的狂舞，顯露何處採蜜的愁愁焦躁。蝶猶如此，遑論人心。浮生若夢，白雲蒼狗，世事是順著光陰流逝而改變。一生幾年？人死花枯，道觀衰落。來世不可待，往世不可追，誰能逆天！老人回望窗外，夜幕降臨時分的蒼茫天際，一抹微弱殘陽掙扎在地平線上，朦朧中只夠照亮零星穿梭的幾隻寒鴉。老人徹底明白了，這就是人生功課。

張可久寫下這支小令時，混跡下僚約莫三十餘年，早已淡化內心過往搬演的牢騷戲碼，朝向相對務實，且活在當下地看待晚年人生。這或許和他深入全真道，認真追求內丹心性有關，句裡看「歸雁橫秋」想「倦客思家」，望「一抹斜陽」見「數點寒鴉」，淡淡幾句便勾勒出清虛恬適的「道果」。若有緣再細品他的專集《北曲聯樂府》，更多超塵拔俗氣旋勢必盤繞心底，難怪朱元璋兒子朱權在其著作《太和正音譜》裡，評價他的「曲」風「有不食人間煙火氣」，如「被太華之仙風，招蓬萊之海月」的道境，還稱許他為「詞林宗匠」。

翻轉線索

曲牌〈折桂令〉是由唐宋詞牌進化而來。「折桂」含意，源自西晉大臣郤詵妙答武帝「桂林之一枝，崑山之片玉」一段話，從唐朝開始便被當作「科舉及第」的代名詞。在元曲裡，〈折桂令〉具有旋律多變的特色，因此，延伸有〈蟾宮曲〉、〈天香引〉或〈秋風第一枝〉等別稱，名稱看似各異，溯及典故，莫不蘊含「及第」的意思。〈九日〉多半意指東晉名士孟嘉，於重陽日龍山落帽臨亂不驚的事蹟。

「折桂」與「九日」兩則歷史典故皆出自正史《晉書》，分別記載於〈郤詵傳〉與〈桓溫傳〉中。這支小令因作者張可久寫散曲「用典第一」出名，研究者自然在譯註上，直接按題名〈九日〉與句裡「橫秋」、「西風」、「黃花」幾個關鍵詞連結而推斷時間為「重陽」，順此將起句中的「烏紗」循「典」套入「孟嘉落帽」，再對應下文「倦客」二字，於是，孟嘉重陽參加龍山宴會，因風吹落帽子不以為意，招致長官、同僚訕笑的場景，引申作「強留烏紗」之難堪，加上句前「青山」本有暗喻「歸隱」的意思，一個「厭倦官場」的影像便浮現檯面。

一般賞析古典詩詞曲，除非作者明確提及創作時空與原意，詮釋上，傾作單純字面意會，若無語彙判斷明顯錯誤，因感受各異，便難糾舉對錯。話雖如此，在考證上仍有所本，如這支小令裡的「烏紗」套入「孟嘉落帽」就符合作者經常用「典」規則，但也可能失準，因為只注重用典，卻忽略掉典故與文義的相容邏輯。

〈九日〉若順應「題名」將「對青山強整烏紗」對號「在龍山孟嘉落帽」，接續文「歸雁橫秋，倦客思家」得出「厭倦官場」推論，這種無縫銜接的解釋，有可能埋藏了扭曲典故的欠周詳謬意。

孟嘉是田園詩祖陶淵明的外公，根據陶淵明為外公撰寫的傳記《晉故征西大將軍長史孟府君傳》描述，經龍山落帽後，孟嘉仕途更為順暢，不但立即轉任中郎，飛快又升遷長史，一個生涯處於巔峰之人，立馬萌生隱退之心似乎牽強，何況「孟嘉落帽」典故體現的是臨危不亂的智慧而不是一肚子委屈。且又拿「烏紗」比擬「官場」，更增添「張飛打岳飛」的荒唐錯亂，明朝律法《大明會典》明文記載，「洪武三年定，凡文武官常朝視事。以烏紗帽、團領衫、束帶、為公服。」事實證明，「烏紗」成為真正「官宦」代名詞始自明代。生在元代的張可久用典，當不至做到超前部署才是。

「九日」在現代版國語辭典裡有兩種解釋，一種直譯九個太陽，另一種指九九重陽節。「重陽」在流變的道教文化中，是眾仙升天與諸神聖誕的吉日，九日為「旭」，《說文解字》解「日旦出貌」，是太陽初出的樣子，象徵旭日東升的吉兆，張可久取〈九日〉為題名，不無呼應曲牌所蘊含「科舉及第」的榮耀遠景，惟曲意，恰恰不見「旭」的光輝，反襯出一個日薄西山老人，一級一級走向沒有光的所在。這也許是他刻意藉全真道玄祕五術中卜術的「測字」拆解巧思，「九日」可以是眾神的「旭」日，也可以是他殘生將盡的「旮旯」兒。「旮旯」就是不受注意或沒有光線的角落。

曲中首句出現的「青山」，非眼前景色實指，而是內心嚮往歸隱山林的虛指。「烏紗」為古代一種帽款，是庶民常戴的一種便帽，雖然《通典》記錄著「隋文帝開皇初，嘗著烏紗帽，自朝貴以下至於冗吏，通著入朝。」但正式作為官宦代名詞，是在明太祖朱元璋立法規定之後。

「翠袖殷勤，金杯錯落，玉手琵琶」三句，在現代修辭學中稱作「鼎足對」，是由三組互為對仗句子結合而成，張可久以「點」帶「面」鳥瞰室內應酬全景，與前句「倦客思家」，後句「人老去西風白髮」形塑反差，以此烘托首句為何「強整烏紗」。「翠袖」為翠綠色衣袖，此處指美女。「金杯錯落」形容杯酒交錯，歡快暢飲的熱鬧場面。「玉手琵琶」則指正在彈奏琵琶的歌妓。

「蝶愁來明日黃花」與收尾兩句「一抹斜陽，數點寒鴉」，借用蘇軾〈九日次韻王鞏〉、〈南鄉子・重九涵輝樓呈徐君猷〉一詩一詞裡的「明日黃花蝶也愁」，及秦少游〈滿庭芳・山抹微雲〉句「斜陽外，寒鴉數點」。「黃花」即菊花。「蝶愁來明日黃花」在蘇軾原兩首作品裡，有錯過重陽賞菊便索然無味，待花枯萎，連蝴蝶都要發愁，是帶著時不我與的感嘆。「斜陽」與「寒鴉」秦少游寫天色漸暗，歸禽思宿，表現惆悵之意，張可久則昇華為遲暮是人生必經之路，呈現一分內心返璞歸真的平和。

張可久現存小令八百五十五首，用典比例占作品五分之二強，約有三百三十餘首，用典「技法」在元曲中已形成屬於張氏「連用鋪排」的強烈風格，例如〈人月圓・山中書事〉連引「孔林喬木」、「吳宮蔓草」、「楚廟寒鴉」；〈賣花聲．懷古〉連設「美人自刎烏江岸」、「戰火曾燒赤壁山」、「將軍空老玉門關」；〈殿前歡．次酸齋韻〉連提「伊周濟世」、「劉阮貪杯」、「李杜吟詩」等多重典故，前兩支小令深化千古興衰感慨，後一支則排解懷才不遇喟嘆。這支小令，讓讀者見到了他在「歷史」典故之外，取「詩詞」為典的另一種創作風貌。

關於張可久名與字推論

主要記載張可久事蹟的《錄鬼簿》，因作者鍾嗣成做過多次修訂，出現張可久名、字、號有「久可」與「可久」不同版本差異，時至今日，學界對張可久真實名、字始終存有認定紛歧。確定曾和張可久活在同一時空的元代儒師鄭玉，在他撰寫的《師山文集》卷四〈修復任公祠記〉中，得見「四明張久可可久監稅松源，力贊其成」記載。此外，在明朝嘉靖四十年，由兵部右侍郎范欽所造天一閣的古本藏書《小山樂府》裡，其末張小山自述跋文，清晰署名「至正丁亥良月張久可書」。無論《師山文集》或天一閣舊藏《小山樂府》皆是目前可考史料最早的版本，若憑此推論，張可久，名久可，字可久，號小山。

【曲人簡介】

張可久，名久可，字可久，號小山，元代浙江慶元人。生平具難詳考，事蹟多出自《錄鬼簿》所載，仕途以路吏轉首領官，後任桐廬典史，時官時隱，七十多歲還昆山幕僚，約八十歲為徽州路稅務大使監稅於歙縣松源。由於坎坷不得志，足跡遍及江浙皖閩湘贛等地，晚年終老西湖。曲作風格多樣，清麗不失自然，為元曲「清麗派」代表，明朱權《太和正音譜》譽為詞林之宗匠，與喬吉並稱「元曲雙璧」。作品在世即已集成，今存天一閣本《小山樂府》，影元抄本《北曲聯樂府》等。據當代隋樹森《全元散曲》所輯，共存有小令八百五十五首、套曲九套。

附錄：作品年代列表

朝代	篇名	文體	作品題名	作者
漢	為何夢見他	樂府	〈飲馬長城窟行〉	佚名
	青青河畔草長望夫歸		青青河畔草	蔡邕（約一三三～一九二年）
初唐	伴君大智慧狄仁傑應制詩展學問	七言律詩	〈奉和聖制夏日遊石淙山〉	狄仁傑（六三〇～七〇四年）
	幽州臺懷古知陳子昂莫若盧藏用	類樂府	〈登幽州臺歌〉	陳子昂（六六一～七〇二年）
盛唐	亙古從軍行詩意中的聯想與結束	七言古詩	〈古從軍行〉	李頎（六九〇～七五一年）
	陽關三疊韻王維張鶴共譜離別曲	七言絕句 詞	〈送元二使安西〉 〈陽關三疊〉	王維（六九二～七六一年） 張鶴（約清末）
	李太白想家靜夜思貓膩偵結公開	五言絕句	〈靜夜思〉	李白（七〇一～七六二年）

中唐	樂天報新聞 全民緣何瘋買牡丹花	五言古詩	〈秦中吟·買花〉	白居易 （七七二～八四六年）
	明心即見性 夢得援禪論詩恆河沙	七言絕句	〈望洞庭〉	劉禹錫 （七七二～八四二年）
	細雨話清明 考運背到極點的許渾	七言絕句	〈清明〉	許渾 （七八八～八六〇年）
晚唐	小山多嫵媚 溫庭筠和他的花間詞	詞	〈菩薩蠻〉小山重疊金明滅	溫庭筠 （約八〇一～八六六年）
	煙雨江南春 鶯啼千里杜牧遣悲懷	七言絕句	〈江南春〉	杜牧 （八〇三～八五二年）
	巴山聽夜雨 那一夜李商隱好想妳	七言絕句	〈夜雨寄北〉	李商隱 （八一三～八五八年）
	霸業九月八 黃巢落第前後兩賦菊	七言絕句	〈題菊花〉、〈不第後賦菊〉	黃巢 （八三五～八八四年）
北宋	紅杏變尚書 宋祁詩解清明上河圖	詞	〈玉樓春·春景〉	宋祁 （九九八～一〇六一年）

北宋	詩話色彩學 蘇東坡醉書望湖樓頭	七言絕句	〈六月二十七日望湖樓醉書〉	蘇軾 （一〇三七～一一〇一年）
	蘇軾交響詩 琅琅風雨晴神籟自韻	詞	〈定風波・三月七日〉	蘇軾 （一〇三七～一一〇一年）
	不與群花比 聰明自薦奇葩李清照	詞	〈漁家傲〉此花不與群花比	李清照 （一〇八四～一一五五年）
南宋	武穆心底事 王士之下但是又奈何	詞	〈滿江紅〉	岳飛 （一一〇三～一一四二年）
	釵頭鳳疑雲 陸游唐琬沈園泣相逢	詞	〈釵頭鳳〉紅酥手 〈釵頭鳳〉世情薄	陸游 （一一二五～一二一〇年） 唐琬（不詳）
	山外有歪樓 真詩假詞林升無須休	七言絕句 詞	〈題臨安邸〉 〈長相思〉	林升 （約一一六三～一一八九年） 佚名
元	吳江渡與橋 舟上蔣捷思櫻桃芭蕉	詞	〈一剪梅・舟過吳江〉	蔣捷 （約一二四五～一三〇五年）

元	四時讀書樂 一瓢翁的心思與責任	七言律詩	〈春讀〉〈夏讀〉 〈秋讀〉〈冬讀〉	翁森 （約宋末元初）
	九日潛迷藏 久可非典布局折桂令	散曲	〈折桂令・九日〉	張可久 （約一二七〇～一三四八年）
明	倚江望逝水 半百楊慎揮灑千古詞	詞	〈臨江仙〉	楊慎 （一四八八～一五五九年）
清	乾隆下江南 春夏秋冬最美西湖景	七言絕句	〈蘇堤春曉〉〈曲院風荷〉 〈平湖秋月〉〈斷橋殘雪〉	愛新覺羅・弘曆 （一七一一～一七九九年）

知識叢書 1117

都說際遇難逢：朱玉昌的古典詩詞新詮

作　者—朱玉昌
主　編—杜晴惠
協力編輯—謝翠鈺
封面設計—王翔／翔詠設計有限公司
輯名選圖—洪禎蔚
美術編輯—趙小芳
音樂版權—詩詞歌曲／漢光教育基金會授權作者提供
封面與輯名頁設計係依國立故宮博物院之四文物：
封面：宋　葉肖巖　麴院荷風　故畫一一一八—四
輯首：宋　錢　選　畫牡　故畫一〇〇二
輯次：宋　葉肖巖　麴院荷風　故畫一一一八—四
輯參：宋　張擇端　清明易簡圖　故畫大九〇
輯末：宋　趙令穰　橙黃橘綠　故畫一二四六—四

董事長—趙政岷
出版者—時報文化出版企業股份有限公司
108019台北市和平西路三段二四〇號七樓
發行專線—（〇二）二三〇六六八四二
讀者服務專線—〇八〇〇二三一七〇五
（〇二）二三〇四七一〇三
讀者服務傳真—（〇二）二三〇四六八五八
郵撥—一九三四四七二四時報文化出版公司
信箱—一〇八九九　台北華江橋郵局第九九信箱
時報悅讀網—http://www.readingtimes.com.tw
法律顧問—理律法律事務所　陳長文律師、李念祖律師
印　刷—勁達印刷有限公司
初版一刷—二〇二二年五月二十七日
定　價—新台幣三八〇元
（缺頁或破損的書，請寄回更換）

時報文化出版公司成立於一九七五年，
並於一九九九年股票上櫃公開發行，於二〇〇八年脫離中時集團非屬旺中，
以「尊重智慧與創意的文化事業」為信念。

都說際遇難逢：朱玉昌的古典詩詞新詮 / 朱玉昌作 .
-- 一版 . -- 臺北市 : 時報文化 , 2022.05
面；　公分 . -- (知識叢書 ; 1117)

ISBN 978-626-335-279-7(平裝)

1.CST: 中國詩 2.CST: 詩評

821.8　　111004795

ISBN 978-626-335-279-7
Printed in Taiwan